马拉短篇小说集

葬礼上的陌生人

THE STRANGER AT THE FUNERAL

马拉 著

MALA

陕西新华出版传媒集团

图书在版编目（CIP）数据

葬礼上的陌生人／马拉著．—西安：太白文艺出版社，2019.1

ISBN 978-7-5513-1518-0

Ⅰ.①葬… Ⅱ.①马… Ⅲ.①短篇小说—小说集—中国—当代 Ⅳ.①J809.26

中国版本图书馆 CIP 数据核字（2018）第 195603 号

葬礼上的陌生人

ZANGLISHANG DE MOSHENGREN

作　　者　马　拉
责任编辑　申亚妮　蒋成龙　张　笛
整体设计　王　航
出版发行　陕西新华出版传媒集团
　　　　　　太白文艺出版社
经　　销　新华书店
印　　刷　陕西金德佳印务有限公司
开　　本　880mm×1230mm　1/32
字　　数　120 千字
印　　张　7.125
版　　次　2019 年 1 月第 1 版第 1 次印刷
书　　号　ISBN 978-7-5513-1518-0
定　　价　29.80 元

如有印装质量问题，可寄出版社印制部调换
联系电话：029-81206800
出版社地址：西安市曲江新区登高路 1388 号（邮编：710061）
营销中心电话：029-87277748 029-87217872

目录

Contents

鹅，鹅，鹅 / 1

女邻居 / 19

谢东娜医生 / 45

葬礼上的陌生人 / 67

莫思归 / 89

刺虎 / 109

清澈之旅 / 129

第八宗罪 / 153

殊途旅馆 / 176

莉莉周和她的天价代言 / 201

鹅，鹅，鹅

库林从来没见过那样的云，云的底部是一条平滑的直线，直线两端慢慢散淡开去，上方是白的云，下面是蓝蓝的天空，云的上方，又是一条直线。这两条直线，让云看起来像一条白色的带子平铺在天上。库林在马路边上停下车，找了块草地坐下来。马路边上是垂着褐色根须的细叶榕，有深绿色的圆形叶子。他坐在草地上，看着那片带子一样的云。他是在开车的时候看到那片云的，看到那片云之后，他突然想停下来，看那片云怎样散去，或者变形。他点了根烟，眯着眼睛看着天空。天空很蓝，云很白，似乎没有风。库林抽了三根烟，那片云还是像带子一样平铺在天上。时间过了近四十分钟，他决定走了。

回到家，谢蔺做好了饭。看到库林，谢蔺抬头看了一眼挂在墙上的钟说，今天有事？库林摇了摇头说，也没事，看了一会云。谢蔺愣了一下说，看什么？库林把钥匙扔在茶几上说，看云。谢蔺说，云？库林说，云。谢蔺笑了笑，你还有心情看云，我是连看花的心情都没有了。

吃过饭，库林和谢蔺带库柏、库敏去楼下散步。他们住在七楼，每天带库柏、库敏下去散步对库林来说是个苦差事。一家四口，谢蔺牵着库柏，库林抱着库敏，他们时不时地说说话，不过是些家庭的柴米油盐。结婚十年，他们之间的话越来越少，内容越来越多地与生活有关。除开家庭的开销，必要的人情世故以及两个孩子，他们似乎没什么话想说。谢蔺没上班，有谢蔺在家，家庭的生活细节，库林一般不用操心。他们谈论生活细节是因为他们不说这个，他们将无话可说，但两口子怎么能不说话呢？散步时，他们碰到了隔壁的邻居，邻居大概二十五岁，怀里抱着一个不到一岁的孩子，看不出是男是女。库林打了个招呼，邻居朝库林笑了笑，算是回应。

洗完澡，把两个孩子安顿好，库林打开床头灯，想看会儿书。谢蔺对着镜子搓头发，一边搓一边望着库林说，库林，你有没有觉得奇怪？库林说，什么？谢蔺说，隔壁啊。库林说，隔壁有什么奇怪的？谢蔺说，你不觉得奇怪吗？老是一个男的带着小孩，怎么没见孩子他妈呢？谢蔺说完，库林想了想，也是。邻居搬过来有大半个月了，库林只见过男的，却没见过女的。谢蔺坐到床边，对库林说，隔壁那一家子鬼鬼祟祟的，让人心慌得很。库林放下书说，也没什么，各家有各家的过法。再说了，人家也没招你惹你，别说人家坏话。谢蔺说，我没说坏话，我就是觉得有些奇怪。等谢蔺吹干头发，上了床，库林关了灯。谢蔺的身体靠了过来，库林摸了摸谢蔺的肩膀、腰，拍了拍谢蔺的脸说，睡吧，我困了。谢蔺往库林怀里拱了拱，搂住了库林的腰。

有光从窗帘背后渗过来，像是一滴墨滴进了水里。墨已经化开，库林隐隐可以看到谢蔺身体的轮廓，鼻子和额头，表情是看不清楚了。库林没有睡着，他想了想邻居的样子，眼睛很大，头发似乎染过，手臂上文了一条龙，他抱孩子的姿势还很生疏。库林想，要是让他整天抱着个孩子，他情愿死了算了。

早上六点半，库林起床了。他刷牙、洗脸，吃过早餐，七点半了，该上班了。楼道里光线暗淡，库林低着头，慢慢往下走。从库林住的房子到单位，如果放在北京、上海，可以说近，自己开车，只要二十分钟。但在苑城，算得上远，苑城小，面积只有两千八百平方公里。如果拉成正方形，边长不到六十公里。库林住在西区，上班在东区，不塞车二十分钟足够了。库林开的摩托车，一路上要经过一个地下隧道、五个或者六个红绿灯。路边是无一例外的细叶榕。刚来苑城，库林看不出细叶榕的好，他觉得他还是更喜欢北方的梧桐树一些，叶子大，粗粗的枝干让人放心。时间久了，他知道了细叶榕的好，树长得快，而且叶子浓密，四季常青，树干却不高，即使有台风过来，地上也很少见枯枝败叶。

库林在公安局上班，宣教科。和同事在一起，库林不太喜欢说话。公安局关系复杂，哪些话能讲，哪些话不能讲，都有规矩。而且，和同事吃饭，上下级界限明显，连怎么敬酒、什么时候敬酒都有讲究。这个库林干不来。他在宣教科，平时又喜欢写点文章，同事都戏称他“文人”。要是在古代，说谁是个文人，大概可以算是褒义词，但是现在，尤其是在公安局这样的单位，说你是个文人，潜台词就是说你百无一用。库林觉得自己确实没用，进公安局六年，一进去是科员，现在还是科员。跟他一起进来的同事，有的已经做到正科了。下班回到家，库林也没有什么事情可干，看看电视，带带孩子，他觉得他的一生一眼可望到头。年轻时的梦想和追求，都烟消云散了。

那天是周末。谢蔺带着两个孩子去了游乐场，库林不想去，他想在家里看看碟。那些碟买回来快三年了，一直没看。库敏出生前，谢蔺肚子大了，怎么坐怎么不舒服，他得照顾谢蔺，没时间看碟。等库敏出生，更是一点时间都没有。好在现在库敏两岁了，他多少有了点自己的时间。家人都出去了，屋子里安静下来。库林拉上窗帘，打开电视、DVD，把碟放进DVD。客厅的门开着，库林在家时，一般不关门，他觉得没那必要。邻居家的门还是关着的，大概还没有起床，楼道里一点声音都没有。库林把电视声音开得很低，勉强能听到而已。看什么一点都不重要，重要的是他现在有一点空余的时间可以安静下来。碟大概看到一半，库林听到楼道里有响声。隔壁的门打开了，依然是那个男人，怀里抱着孩子。他抱着孩子在楼道里来回踱步，孩子一直在哭。

库林按下暂停键，走到门口，望了男人一眼，男人看了看库林，不好意思地笑了笑。库林看了男人怀里的孩子一眼说，蛮漂亮的。男人说，好多人都说好看，我自己看不出来。库林摸了一下孩子的脸问，男孩女孩？男人说，你觉得像男孩还是像女孩？库林想了想说，像女孩。男人眼睛亮了一下，嗯，女孩，像她妈，漂亮。库林笑了笑说，进去坐坐？男人往库林家里看了一眼，库林说，家里没人，就我一人在家。

进了门，男人看了看库林家里说，你家里收拾得真干净，我家里乱得一塌糊涂。库林说，人在家，有空就收拾一下。说完，举起杯子说，喝杯茶？男人拍着孩子说，不用了。库林给男人倒了杯水。孩子还在哭。库林看了看孩子说，她怎么了？男人说，我也不知道，没发烧也没拉肚子，也给她吃了，可她就是爱哭。库林看了孩子一眼说，小孩子最老实，她要是舒服不会哭的，肯定还是有些不舒服。库林按了按孩子的下巴，看了看她的舌头和喉咙。看完，库林皱了一下眉头说，有点口腔溃疡，可能是上火了，煮点凉茶给她喝。男人说，我有买王老吉给她喝的。库林摇了摇头说，那个不行的，你去药店买点金银花或者凉茶，自己拿回家煮水，一个礼拜给她喝一两次。小孩子喝不得外面那种罐装的。

男人在库林家里坐了一会就回去了。接着，库林看到他下楼。现在，库林知道他姓谷，湖南人。库林接着把碟看完，准备做饭，谢蔺他们快回来了。

库林和小谷慢慢熟悉起来。碰到库林在家，小谷会抱着孩子到库林家坐坐。要是在楼下散步遇到，小谷会主动给库林打个招呼。小谷还是一个人带小孩，从来没见到他老婆。库林有些好奇，还是没问，他和小谷的关系，还没有好到过问人家的家事的程度。库林找了些库柏、库敏以前读过的书，幼儿识字和图片卡之类的。这些东西，他们用不上了，小谷正好可以用上。他找书时，谢蔺问，你找这些干吗？库林说，给隔壁，反正我们也用不着了。谢蔺笑了起来，你什么时候变得这么有爱心了？库林说，这不是爱心的问题。你看看隔壁那小孩，快一岁了，小谷也不晓得教教孩子。谢蔺抱着库敏走开了。

吃过晚饭，库林去敲隔壁的门。门打开了，小谷抱着孩子，站在门边上，门只开了一条缝。看到库林，小谷显得有点紧张。他说，有事么？库林把书从门缝里递给小谷说，也没什么事，这些书我们库柏、库敏以前看的，你看你们用不用得着，给小朋友读读书挺好的。小谷腾出一只手接过书说，我就不请你进来坐了，家里乱得很，插不下脚。库林说，不客气。

从隔壁回来，库林点了根烟。他刚从门缝里看到小谷家里的确乱糟糟的，茶几上堆满了方便面盒，还有几个剩菜。从阳台上，可以看到小谷家里晒着女人的文胸、底裤，这说明，小谷家是有女人的，这个女人应该是他老婆。小谷刚才看到他的神情很不自然，大概是不想让库林看到他老婆。这有什么不好意思的呢？库林有点纳闷。

只要不下雨，每天在楼下，库林都可以碰到小谷。一般七点半左右，他们一家人出来散步，小谷差不多也是那个时候出来。小谷的孩子会摇摇晃晃地走路了，她有个好听的名字，谷雨。谷雨不走路时，小谷抱着她，一边摸着她的脸一边说，谷雨，跟爸爸读书好不好？“鹅，鹅，鹅，曲项向天歌。白毛浮绿水，红掌拨清波。”或者“白日依山尽，黄河入海流。欲穷千里目，更上一层楼。”都是库林给小谷的书里面的内容。谷雨还不会说话，只会跟着小谷“鹅鹅鹅”地叫，小谷脸上洋溢着微笑。库林能读懂他脸上的内容，以前他也是这样。

又到了周末，还是库林一个人在家，门依然是开着的。库林坐在沙发上看电视，小谷抱着谷雨站在门口。库林招了招手，小谷犹豫了一下还是进来了。进了门，小谷把谷雨放下来，库林拿出库敏的玩具逗谷雨；叫伯伯，叫伯伯就给你。谷雨看着库林，不肯伸手。小谷笑起来说，这孩子，害羞。库林把玩具放到谷雨手里说，女孩子，文静一点好，我们库敏太调皮了。谷雨坐在一堆玩具中间，拿起这个又拿起那个。库林递了根烟给小谷，小谷伸出手，库林愣了一下，他的右手只有三根手指。小谷接过烟，看了看库林说，以前在印刷厂上班，被机器切掉了。库林“哦”了一声，赔偿没？小谷说，鉴定说是八级伤残，本来要赔四万多的，厂子赔了三万。库林问，剩下的呢？小谷说，要不回来，我一个打工的，还能把厂子怎么的？能赔个三万，已经不错了。库林说，那你以后怎么办？小谷说，还能怎么办，手残了，想找个工作也难，混着呗。

安顿好库柏、库敏，库林对谢蔺说，隔壁那家也挺惨的。谢蔺看了库林一眼。库林说，小谷右手手指没了两根，残疾人。这一家人，就靠他老婆一个人过日子。谢蔺说，那是挺惨的。说完，想了想说，也是奇怪，小谷他们家怎么就没个老人来帮忙带带孩子呢？库林说，要是有人带，哪个大男人愿意整天带着个小孩。谢蔺说，那也是。库林拍了拍谢蔺的肩膀说，比起他们，我们算是好的了，至少一家人都健健康康的。

再后来，看到库林，小谷的话多了起来。他给库林讲他和老婆的罗曼史。他们是在印刷厂认识的。那会儿，小谷在车间，他老婆当会计，算是管理人员。小谷说，老婆长得漂亮，印刷厂好些人都喜欢他老婆。大家都没想到老婆最后选了他。和老婆好上不到半年，小谷就出事了。小谷提出分手，老婆却拉着他领了结婚证。

库林说，你老婆是个好女人，不容易。

小谷的眼睛有些湿润，说，我对不起她。

库林说，一家人，不说对不起。

小谷低下头亲了亲谷雨说，是我对不起她，我让她受委屈了。

库林的鼻子有点酸。和老婆刚认识那会儿，老婆也是个好姑娘。现在，他能说什么呢？和大部分的夫妻一样，他们已经被现实磨得失去了激情，更不要说爱情了。晚上，库林摸着谢蔺的乳房、腰和肚皮。以前，谢蔺的乳房圆润而坚挺，腰部的曲线圆滑而细腻，肚皮是紧绷着的。现在，库柏和库敏吸干了她的乳汁，让她的乳房绵软、坍塌下来。她的腰上堆积起一圈圈的脂肪，仿佛桌子上堆积起的尘埃。至于她的肚皮，松弛得像一块海绵。库林亲着谢蔺的脖子，用力地进入谢蔺的身体。谢蔺抱着库林说，你怎么了？库林说，没怎么，我爱你。谢蔺搂住库林的腰，用力地贴在他身上。

接连好几个月，库林都忙。公安局搞大行动，全市大规模整顿治安秩序。一搞行动，库林就忙起来，行动意味着成果，成果必须及时让老百姓知道。那几个月，库林比记者都忙，每天的稿子多得让他崩溃。公安线和别的线不一样，哪些东西能说，哪些不能说，说到什么程度都有讲究。多半时候，见报的稿子都是库林写的。就算有记者跟着，库林还得跟后期，特别是电视台的片子，记者拍了一大堆素材，粗剪之后，库林得看看，如果出了什么问题，不光库林担不起，公安局也担不起。

每天回到家，库林浑身酸疼，去楼下散步的次数少了。碰到小谷，小谷说，好些天没看到你了。库林说，搞行动，每天累得要死，懒得下来了。小谷就笑，你们有的忙还算好的，我是想忙也忙不了。库林说，说不定你以后忙得连老婆都不认得。小谷说，要是有那天就好了。我倒是愿意天天出去做事，让老婆在家里带孩子。说完，小谷笑了笑说，谷雨现在会读

“鹅，鹅，鹅，曲项向天歌”了。不过，外人也听不懂，只有我晓得她在读什么。库林说，小朋友都有这个阶段，很快就好了。

由于大行动，库林的生活习惯有了些改变。以前，他六点半起床，七点半上班。下午五点半，在单位稍微待一会，就可以回家了。现在，他的时间没个准。即使回到家，局里一个电话就得赶紧过去，什么时候回来也没个准。好几次，他夜里十一点出门，凌晨三点多才回家。说实话，库林不太喜欢局里搞行动，他喜欢那种有规律的生活，但作为一名警察，他没办法过上有规律的生活。其实，和刑警大队比，他们的生活已经算是有规律的了。

每次凌晨回家，路上的车都很少，灯光依然闪烁。路边偶尔还有人在打电话，或者喝多了的人在高声叫骂，将啤酒瓶子扔向路中央。也有不肯回家的情侣，搂抱着在树下窃窃私语。库林喜欢凌晨，却不喜欢工作之后的凌晨，那样的凌晨疲倦慵懒。在家里，偶尔他会在凌晨醒来。搬个小凳子坐在阳台上，看着满天的星星，抽根烟，一回头可以看到熟睡的老婆和孩子。那时，他觉得天地安静，心里干净，有点孤独感，更多的是洗净尘埃的超脱。他想，也难怪同事叫他“文人”，他心里还是有一点文人情结的。公安局的生活不允许他做梦，他必须客观、理性，像一块石头，但看看云，看看星星，总还是可以的。

库林锁好车，看了看手机，快六点了。他慢慢往家里走，天还有点黑。走进楼道，楼道里黑漆漆一片。库林把手机打开，借着手机微弱的光上楼。刚拐过楼道角，他听到楼道的门开了，又关了。接着，一阵脚步声从身后传了过来。库林往楼道边靠了靠，有人上来了。库林走得缓慢，后面的人却走得急匆匆的。从库林身边经过时，库林闻到了一阵劣质的香水味，从身影可以看出来是个女的。库林还没到家，听到楼上的门响了一声，然后又响了一声。走到家门口，库林看到隔壁的门缝里有亮光透出来。

回到家，库林洗完澡睡了。等他一觉醒来，已是中午十二点。吃过饭，谢蔺说，我带库敏去打针，又要打麻疹疫苗了。库林说，好，我晚点可能还要出去，不用等我吃饭了。在家坐了一会，小谷过来了。进了门，小谷放下谷雨说，你最近挺忙的？库林说，嗯，大行动呢，也不晓得什么时候完，累死人。等库林说完，小谷说，你在公安局上班？库林点了点头。小谷说，公安局是个好单位，哪个见了都怕你们。库林笑了起来，哪个怕我们？警察现在是弱势群体。小谷也笑起来，你们要是弱势群体，那天底下就没有强势群体了。说完，小谷问，你们搞大行动一般搞什么？库林说，能搞什么，扫黄打非嘛。小谷“哦”了一声。坐了一会，小谷走了。

第二天，等库林一回来，谢蔺指了指隔壁说，吵架了。库林愣了一下，吵架？小谷他们搬进来快一年了，门总是关着，里面除开谷雨偶尔的哭声，总是静悄悄的。库林说，你怎么知道？谢蔺说，那么大声，哪个听不到嘛！库林问，他们干吗吵架？谢蔺撇了撇嘴，谁知道呢，里面几个人我都不晓得。库林说，那你总听到他们吵什么吧？谢蔺说，好像小谷他老婆要去上班，小谷不让。库林说，我明白了。他想起了楼道里的那个影子。谢蔺说，你明白，你明白个屁，人家两口子吵架，你明白。小谷也真是的，一个大男人，不出去找点事做，老婆一个人养家糊口，还不让老婆上班，他想干吗？库林说，你不懂。

大约晚上十点，库林敲了敲隔壁的门。小谷打开一条门缝，看着库林说，有事？库林说，也没什么事。在家里无聊，想找你喝杯啤酒。说完，举起手里的四只酒瓶子。小谷看了看库林，把门打开了。一边让库林进屋，一边说，不好意思，你看，家里太乱了。库林说，没事，我家里也乱。说完，把啤酒放在茶几上问，谷雨睡了？ 小谷说，刚睡下。 库林说，你去拿两个杯子，我们一起喝杯酒。

两个人有一搭没一搭地说话。 还好有酒，让他们轻松了些。 喝了几杯，库林问，和老婆吵架了？ 小谷说，没有。 库林说，你还不好意思，我老婆说听到你们吵架了。 小谷低下头，喝了口酒说，其实也没吵，就是争了几句。库林说，我说呢，我还跟我老婆说，小谷那么好脾气，怎么会跟老婆吵架。 说完，库林看了看房间，你老婆上班去了？ 小谷说，嗯，她上夜班。 库林跟小谷碰了一下杯说，天天上夜班，也是辛苦，难怪白天见不到她人。 酒很快喝完了，库林站起来说，我也回去了，不妨碍你休息。 局里这段时间天天扫黄，搞得我们也没好日子过。

过了几天，库林接到任务，七点准时跟刑警大队出发。 七点出发，意味着他必须六点半赶到局里，他还得准备好相机、录音笔，等等。 五点钟，库林就起床了。 等洗漱完毕，五点二十分。在家里磨蹭了一会，库林出门了。 楼道里漆黑一片，下楼时，有人从下面上来。 错身时，库林借着手机微弱的光，看到了她的脸。前几天在楼道里闻到的香水味，再一次扑进库林的鼻子。出了楼道，库林回头看了一眼，七楼的灯亮了一盏。

跟完刑警大队的案子，库林休息了两天。其实也算不上休息，只是工作规律了些。又过了几天，在家里吃完晚饭，看了一会电视。库林正准备上床睡觉，手机响了，局里打来的。库林接通电话，晚上十点半，在局里集合。挂掉电话，库林有点不安。谢蔺看了看库林说，怎么了？库林说，没什么，晚上有行动，我一会出去。谢蔺说，又是行动，这几个月，你们折腾得没完没了的。库林皱了皱眉，谢蔺摸了一下库林的脸说，怎么了？你好像心神不定。库林说，哪里有，累了。谢蔺说，要不你请个假，我看你脸色不太好。库林说，这个时候，哪里能请假，就算能请，也请不得。谢蔺说，那你自己小心些。

下楼前，库林敲了敲小谷的门。小谷打开门，见到库林，连忙说，进来坐坐。库林说，不了，我一会要出去。小谷说，哦。库林往小谷家里看了一眼，你老婆上班了？小谷神情有点不自然，还是点了点头。库林说，没什么事，我走了。说完，就往楼下走。库林听到小谷关门的声音。

十一点到三点，局里共清查了五家桑拿店、三间夜总会，库林拍了三百多张照片。回到局里，库林把照片导到电脑上，一张一张地挑。现场混乱，照片有些对焦不准，有些构图不好，质量好的不多。这些都不重要，能用得上的照片，有两三张就行了。库林看得仔细，似乎想发现一点什么。又想，最好什么都不要发现。看到一张在夜总会大堂拍的照片时，库林停了下来，二十多个或遮或掩的女孩子出现在库林面前。这些女孩子中，库林一眼认出了他在楼道里见过的那张脸。那是一张简洁、朴素的脸，温和得像个女教师。他想起了和她擦肩而过时劣质的香水味。

等库林整理好照片，写好通稿，已是早上七点多了。回家路上，库林又抬头看见了天上的云，太阳刚出来，云是彩色的，有灿烂的霞光，这是一个好天气。还没到家，库林听到了谷雨的哭声，她哭得那么大声，好像受到了天大的委屈。走到门口，库林听到了小谷不耐烦的声音，他大声呵斥道，哭，哭，你就知道哭，除了哭你还会干吗？谷雨哭得更厉害了。

库林轻手轻脚关上门。他累了，想睡一会。很快，他睡着了，还做了一个梦，梦里，谷雨笑得很甜，她歪着小小的脑袋，大声地朗诵着：

鹅，鹅，鹅，
曲项向天歌。
白毛浮绿水，
红掌拨清波。

女邻居

她进来时，我们几个正站在竹子边上。卖竹子的妇人絮絮叨叨地说，你别看现在竹子少，很快就会发起来的，到时候，怕你嫌竹子多，得把笋子给掐了。再说了，你看，你这花基不宽，土层也不深，种多了真不合适。我们看着竹子，还是有些不满意。竹子得成片才好看，这么稀疏着，像是头上长了几个瘌痢，寒碜得慌。卖竹子的妇人指挥工人培土，手里扶着竹子望着我们说，刚开始一两月，你们要记得浇水，不然很容易死的，竹子生根慢，不像别的花草好养。好吧，她的眼神诚恳，我们相信了她。我们还想说点什么，就这时，一个女人走了进来，头上绾着发髻，高高瘦瘦的，看起来还清秀，大概四十出头的样子，可能还年轻一点，这个说不准。她走过来，看了看我们，又看了看竹子说，你们干吗呢？她声音不大，听起来有点冷。

我们都愣了一下。老罗很快反应过来了，对女人说，哦，准备开个小店，搞绿化呢，有空过来玩。女人微微点了一下头说，这些天一直施工的是你们吧？不好意思，吵到你了，这不装修嘛！老罗笑哈哈地说。女人说，知道你们装修，我也没说什么。说完，女人指了指巷子外面说，我住在隔壁，算是邻居吧。的确算是邻居，她家和我们店就隔一堵墙，也不是隔着，说是共用一堵墙更合适点。女人的出现，还是吓了我们一跳。我们一直以为隔壁没人住，那实在不像个有人住的地方，太冷清了。站在二楼往邻居家看，阳台上长着两三米高的芦苇，裸露在外面的冷气机都生锈了，门窗从来都是关着的，一天到晚听不到一点响动。院子里种满了各种树，墙上爬满了藤蔓植物和野草。如果说这个院子还有生气，就是那满院子的植物，的确长得生龙活虎的。可是，这是不是意味着荒凉？在我们的想象中，有人住的地方不应该是这个样子。租房子那会儿，我们问过房东，前面那个院子有人住没？房东说，有啊，当然有人住。相比较我们现在租下的院子，我们更喜欢邻居的院子，草木丰美，不用费太多心思去绿化。我们确实也敲过好几次门，没人开门。直到租下现在这个院子，问过房东，我们才知道邻居家是有人住的，却从来没见过。我们笑着跟房东说，这院子跟鬼屋似的，阴森森的。房东笑了起来，有些暧昧，想说点什么，终又吞回去了。现在，我们的邻居来到了我们面前。

她有些瘦，双手抱在胸前，两只乳房托了起来，大得和她的身材有些不相称。她穿的是黑色的蕾丝边裙子，腰部的线条活泼跳跃。看我们在种竹子，她微微皱了一下眉头说，你们装修快搞完了吧？老罗说，快了，就剩下些扫尾工程，这些日子打扰你了。女人笑了下说，理解的，开店做生意，总是要装修一下的。说完，又皱了一下眉说，不过，你们施工能不能早点结束？还有，晚上就别施工了，我睡眠不好，一听到电钻、电锯的声音整晚都睡不着。老罗连忙说，放心，放心，以后不会了，很快搞完了。女人说，那就好，都是邻居，以后相处的时间还长，大家互相理解，我也不是不讲道理的人。老罗望着女人笑眯眯地说，你一看就不是那种人，一看就是知识女性，通情达理的。老罗一说，我也感觉到了女人身上散发出来的气息确实和其他女人有些不同，怎么说呢，有点文艺范吧，看上去似乎不食人间烟火。女人抿了一下嘴，理了理额头的头发说，你们想开个什么店呢？老罗说，一个文艺范的清吧，做得好玩些，也就是朋友们有个场子坐坐。女人“哦”了一声。老罗说，等开业了，你过来坐坐，看看喜欢不喜欢，多提提意见。女人说，我先生可能会喜欢，他搞摄影的。老罗说，那好，都是一家人。说完指着我们几个说，这是我们合伙人，他，诗人；他，小说家；他，画家。都是搞文艺的。女人说，艺术家都闹腾，我最怕这个。老罗笑了起来说，我们这又不是KTV、夜总会，再闹腾能闹腾到哪？女人说，那最好。说完，女人又说，我先生是台湾人，很少在内地，一年没几天在这儿，估计你们也难得碰到他。我们几个恍然大悟一般“哦”了一声。等女人走了，我们一下子笑了出来，学着女人的样子对老罗说，我先生是台湾人，很少在内地，一年没几天在这儿。说完，我们指着老罗说，老罗，以后邻里关系就看你的了。

大概过了个把礼拜，我和几个朋友正在店里挂画。女人进来了，她站在门口，试探着往里面看，看到我，女人说，你在啊。我放下手里的活，从凳子上下来说，你随便看看，还有些没收拾完。要不，我带你参观一下？女人说，你忙你的，我随便看看。你这里还挂画？我说，不是挂画，是准备做展览，搞艺术嘛！女人微微笑了笑，她笑起来的样子好看多了。你们还真搞艺术！她这么一说，我反倒有些不好意思了。女人说，你先忙，我随便看看。挂完画，我下楼准备洗手，发现女人站在院子里。见我下来，女人朝我招了招手。我走过去问，有什么事吗？女人说，没什么事。是这样，前段时间，我跟你们说过，我睡眠不好，见不得吵。我知道你们做生意，难免会有些吵。我想和你们商量一下，星期一到星期五，十点之后尽量别大吵大闹，周末尽量十一点后别闹，行吗？我连忙点头说，没问题，你放心，我们做清吧，相当于艺术家沙龙，不会很吵。女人像是松了一口气说，那最好，你们装修这段时间，我每天都睡不好。

店还没开，装修算是搞得差不多了。这原本是民房，房东是本地人，有几栋房子，这栋拿来出租。房子一共三层，每层七十多平方米，房东把它隔成一个个的单间，租了出去。装修这房子花了我们不少工夫，光是拆墙就拆了几天，挖土机都用上了。原来的格局太乱，要改的地方太多。几个月折腾下来，我们都累坏了，但心里还是舒服的，毕竟一个店慢慢成形了。

虽然和理想的模样还有差距，但毕竟有个胚子了，打磨那是以后的事情。坐在院子里，看着满院子的植物、门头的招牌，成就感隐约就来了。

我们决定庆祝一下。

那天晚上，我们约了一帮朋友，有做生意的，有搞艺术的，各色人等都聚了过来。我们在院子里摆开了长台，让厨师炒了一桌子的菜。万事俱备只欠东风，开张的日子已经定好了，喝几杯慰劳一下自己也是应该的。喝吧，喝吧，歌唱吧！我们的欢声笑语一阵一阵地传了出去。坐在我对面的是位画家，我们一连干了三杯红酒，三大杯，土豪的喝法。一桌子的人都扯着嗓子说话，你想让别人听到你说的话，你得声音比他们更大。这是典型的中国式酒局，热烈、夸张，带着流氓和土匪的习气。我们都喝得欢畅，似乎整个世界都不存在了，地球上只剩下这张酒桌。有朋友站在凳子上朗诵诗歌，有人大声地唱歌，还有摄影师拿着相机拍照。我们这个圈子，什么都缺，就不缺好玩的、能折腾的人。

酒一喝就到了深夜，附近马路上的车少了，我们的声音显得越来越大。就在我们闹成一团的时候，门口传来玻璃瓶摔碎的声音。清脆的声音顺着巷子飞进来，钻进我们每个人的耳朵里。那声音让我们停了几秒钟，又进入了喧闹。我们端起酒杯，准备喝一个大的，有人喝多了，赖在椅子上不肯起来。旁边的人摇晃着走过去，要把他架起来。就在这会儿，我看见老罗的目光向院子门口飘去，我扭过头，看见门口的阴影里站着一个人。我揉了揉眼，看出来了，是我们的邻居。她站在门口，双手抱在胸前，天有些黑，看不清她的眼神。酒桌上的朋友嘻嘻哈哈地闹着，几乎没人注意到门口站着的女人。女人的手松开了，一只手里拿着一个玻璃瓶子。老罗赶紧站起来，已经来不及了，女人把瓶子狠狠地砸在了墙上。一声脆响让所有的人都安静下来，朝着声音的方向，他们看到了一个女人。女人往院子里走了两步，站在门口，板着脸。拿着酒杯的朋友愣住了。老罗往外走了两步，还没走到女人身边，女人突然像疯了一样歇斯底里地叫了起来，你们是艺术家，你们是文化人，狗屎！都是臭狗屎！你们根本不是艺术家，你们是流氓，臭流氓！不要脸，你们出门被车撞死！一句一句恶毒的话从女人的嘴里蹦出来，鲜活得像一只只兔子。这些迎面而来的兔子让所有的人都呆住了。太意外了，这是怎么了？老罗走过去，拉住女人，女人一边挣扎着，一边骂。

女人的声音渐渐远了。朋友们坐了下来，压低声音问，马拉，这谁呀？我点了根烟说，我们邻居。说完，指了指前面的院子。朋友们无比同情地看着我说，麻烦了，你们麻烦了，有这么个邻居，你这别想做生意了。我给他们倒酒，强作镇定地说，没事，总有办法的。朋友们摆了摆手说，不喝了，不喝了，回了。过了十几分钟，老罗回来了，看着空荡荡的桌子问，人呢？我喝了口酒说，都走了。老罗一屁股坐在椅子上，点了根烟说，马拉，事麻烦了。老罗不说，我也知道麻烦了，这女人像一颗不定时炸弹，有了第一次，谁知道下次什么时候爆发。你想想，如果你和朋友们坐在一个诗情画意的地方，吃饭、聊天，玩得正开心，一个来历不明的女人冲到你面前，冲着你一顿臭骂，骂得你一头雾水，那是个什么效果？这地方你还敢来吗？

接下来几天，我们收敛了很多。即使有朋友来，十点来钟，也尽量收拾了。这不是个办法，尽管我们做的不是夜店，但朋友们来，坐到十一二点也是很正常的事情。这颗炸弹不除掉，我们心里安定不下来。开业前一天，我们敲响了邻居的门，敲了五次，分别是早上、中午、傍晚，晚上还有两次，最后一次，门开了。

我们把请帖递给邻居，告诉她，我们明天开业，有很多朋友来，欢迎她过来坐坐。女人接过请帖看了一眼，撇了撇嘴。我们连忙说，明天可能会有点吵，毕竟开业，还是要热闹一下的，请您多包涵。我们连“您”都用上了。等我们说完，女人说，还有别的事吗？没了，没了，就这个事。女人说，知道了。说完，把门关上了。开业那天，女人没来。我们的心一直悬在嗓子眼上，没能吞下去，生怕炸弹会爆炸了。直到我们把所有朋友送走，关上门，我们的心才算是放了下来。

大概有半个月，我们相安无事。就在我们慢慢忘了这事，觉得那只是一个偶然事件，是我们太紧张了时，麻烦又来了。这次，进来的是两个警察。当时，我们几个朋友正在院子里喝酒，楼上还有其他的人。警察进来问，谁是这里老板？我站起来说，我是，怎么了？警察说，有人报警说你们扰民，我们过来看看。扰民，扰你妈×的民。我的怒火一下子上来了，肯定又是邻居那个死八婆。我强压着怒气，对警察说，我们这里正当做生意，我不知道我们哪里扰民了。你随便看，发现扰民了，你把我抓进去。警察到店里走了一圈，又回到院子里笑眯眯地说，老板，得罪人了吧？我们能得罪什么人？不外乎那个变态的婆娘。

我拿出手机，对警察说，现在是十点半，没哪条法规规定十点半不能营业吧？你也看到了，我这不算吵吧？不至于构成环保噪音吧？警察笑着说，有人报警，我们总得过来看看吧。我给警察递了根烟，警察摆了摆手说，不好意思，我不抽烟。说完，对我说，跟周围邻居搞搞关系吧，别让人家老打电话报警，你们烦，我们也烦。说完，警察就走了。

女人没再进我们的院子，麻烦却是一个接一个地来了。好几次，客人气冲冲地跑到店里说，这×妈谁干的？往我车窗上砸鸡蛋，我×他妈！我们一肚子的苦水，能说什么呢？我们只能告诉他，边上有个变态的女人，你们要小心点。这么下去不是个办法。我们私底下讨论过，要不要找黑社会吓唬一下女人，甚至还开玩笑说，找个男人把这女人给收了。这些都是鬼扯，过一下嘴瘾，真要解决问题，还得找女人谈谈。

又一天，我们买了果篮，去找女人。门开了一半，女人半个身子露出来，冷冰冰地看着我们说，你们想干什么？老罗提着果篮说，也没什么事，都是邻居，过来串串门。女人说，不必了。老罗把门推开，往里走了一步，女人往后退了一步，紧张地说，你们想干什么？我会报警的。老罗放下果篮对女人说，我们好好谈谈，这么下去，对我们都不好。女人转过身，没说话，在院子里的石桌上坐了下来。我们把果篮提到石桌边上坐下。这是我们第一次去女人家里，院子里的植物长得真好，鸡蛋花青葱翠绿，院墙上爬满了爬山虎，细绿的藤蔓把墙面装点得像一幅画。院子里还有一棵高大的木棉花，院子一角有人工的水池和假山，整个院子看起来有些江南的味道。老罗没话找话地说，你这院子真漂亮，坐在里面真是舒服。女人脸色柔和了一些，这让她看起来漂亮多了。这个女人，有些瘦，看起来纤弱细小，我真不知道她那些疯劲是从哪里来的，她看起来真不像个不讲道理的人。

你看，是这样，我们打开门做生意，时间是难控制点，有时候确实也有些闹腾，还麻烦你多理解，大家都不容易。老罗对女人说。女人仰起下巴，眼睛望着天上说，你们容不容易关我什么事？你们再不容易也不能侵犯我的权益。女人声音不大，一个字一个字却像一把把刀子，狠狠刺在我们胸口。这×妈真是个难缠的货。女人说完，老罗笑了一下说，其实，如果换个角度看，我们并没有侵犯你的权益，甚至可以这么说，我们根本没必要和你商量，因为我们本就没做错任何事情。关于营业时间，你也知道，娱乐场所是凌晨两点必须关门，我们不是娱乐场所，没有任何法律规定我们的营业时间，也就是说，我们想什么时候开门，想什么时候关门都没问题。老罗停顿了一下，看了看女人的脸色。女人脸僵着，看不出什么变化。老罗接着说，关于噪音，如果你觉得我们超标，你可以打电话给环保部门，你挑个我们最吵的日子，让环保部门来测我们有没有超标。我可以很肯定地告诉你，绝对没有超标。也就是说，在法律上，我们没有侵犯你的任何权益。我们知道你报过警，结果你也知道，警察白跑了一趟。我们一开始答应你尽量不闹腾，事实上，我们也在尽力这么做。之所以这么做，没别的原因，大家都是邻居，和睦相处最重要。但是，老实说，有些做法我们不太接受。女人扭过头看着老罗说，这么说，你认为是我在无理取闹了？老罗挺了挺身体说，不瞒你说，有点！女人嘴里吐出一个字，“切”，脸上的表情却有些不自在了。老罗接着说，我们门口装了摄像头，你拿鸡蛋砸车窗我们也看到了，一直没说。你要不信，一会可以过去看视频。女人皱了一下眉头说，你什么意思？老罗笑了笑，没什么意思，只是想提醒一下你，其实我们也可以报警，你说是不是？女人说，你这是在威胁我？老罗说，我们没那意思，都是邻居，闹僵了就没意思了。说完，老罗站起来说，我也不多说了，互相理解吧！我们正准备往外走，女人指着果篮说，你把它拿走，我不要你们的东西。老罗说，拿都拿过来了，你就别客气了，有空过来坐。我们走出门，女人把门关上了。还没等我们走出院子，女人的门又开了，接着，果篮飞了出来，苹果、梨滚了一地。

有两个月，店里还算太平。我们时刻提防着我们可怕的女邻居，她就像一个幽灵，每个夜晚游荡在我们的心上。时间过得很快，圣诞节快来了。圣诞节和我们没什么关系，我们几个男人都不喜欢圣诞节，都是结了婚的人，这个节日可有可无，看着人家热闹，心里略噔得慌。店里还是要装扮一下的，我们不喜欢，可客人喜欢。塑料圣诞树装上了，彩灯也亮上了，还挂了一些小礼物。店里有了点节日的气氛，我们想着是不是要搞点什么活动，不说促销，也攒攒人气。

圣诞节前几天，还是晚上，我坐在店里看书，天略略有点冷，我拿了杯热茶。店里的客人走得差不多了，音乐飘浮在四周，让夜晚美好起来。看了一会书，一个姑娘走进来。我抬头看了她一眼，高高的，扎着马尾辫，鲜活得像一头小鹿，她有一双明亮而好奇的大眼睛。走到水吧台，她对服务生说，你们还营业吗？服务生说，营业的，你随便坐，要点什么？姑娘说，拿杯蓝山，谢谢。说完，她找了个位置，把包放下，到店里转了转。她翻了翻书，又看了看墙上挂的画。逛了一圈，她在座位上坐下。服务生端咖啡过来时，她问了句，你们老板是干吗的？服务生笑了笑说，我们老板是诗人，艺术家哦。说完，朝我看了一眼笑了起来。平时在店里，跟她们嘻嘻哈哈惯了，养成了毛病，不管有人没人，都没什么规矩。姑娘顺着服务生的目光看了我一眼说，你是老板？我硬着头皮点了点头。这姑娘看起来很美好，让我有些害羞。姑娘把咖啡端到我桌子对面说，我想和你聊聊。

聊点什么呢？这是个问题。我们围着店慢慢聊开了，她问我为什么想到开这么个店等。这是常规的问题，自从开这个店以来，我大概说了不下一百次，面对各种各样的人，聊到最后，他们会说，你们真是一帮理想主义者。好吧，就算这样，我乐意承认我是一个理想主义者，这不是一个坏词。听我说完，姑娘说，这个店挺有意思的，像个杂货店，乱七八糟，什么都有。这个评价有些意思。听她这么一说，我向四周看了看，的确像个杂货店。我们卖茶叶，卖手工艺品，我们还卖酒、咖啡和果汁，到了饭点，这还是一个热闹的餐厅。如果再加上我们时不时搞搞活动，说这个店是杂货店，简直是再合适不过了。我笑了起来说，你这概括倒是挺合适的。姑娘也笑了笑，喝了口咖啡说，搞这个店挺麻烦的吧？我喝了口茶说，倒也没什么麻烦的，店小，没那么多事。聊了一会，她告诉我她叫小艾，在广州美院读书，学的是油画。那挺好，你觉得我们这儿挂的画怎样？挺好的，小艾说。又聊了一会，我的茶喝完了，我对小艾说，要不，我们喝酒吧？我请你。小艾笑了起来，她有一对甜美的酒窝，她说，喝点也行。

我叫了半打啤酒，很快喝完了，我又叫了一打。酒上来了，我对小艾说，看不出来你还挺能喝的。小艾举起杯，碰了一下我的杯说，没见过女孩子喝酒？见过，还不少，喝得像你这么痛快的真不多。小艾大声笑起来，笑得我心里一阵阵地发抖。酒继续喝下去，我们的声音越来越大，似乎我们是认识多年的朋友。酒快喝完了，我的头有点晕，我朝小艾招了招手，小艾低下头，凑到我面前，我压低声音对小艾说，我告诉你一个秘密。小艾说，别装，有话赶紧说。我说，你知道吗？你笑得那么大声会招来鬼的。小艾说，我不信。我说，不光会招来鬼，那鬼还会臭骂你一顿，说不定还会骂你是个小婊子。我刚说完，小艾笑得前俯后仰的，我也跟着小艾一起笑起来。等小艾笑完了，我给小艾倒了杯酒说，你刚不是问我们这个店有没有什么麻烦吗，我告诉你，还真有。我们有个邻居，女的，长得还凑合，看起来不像个坏人，可一撒起泼来，杀了她的心都有。小艾望着我，似乎不相信，说，真的？我说，当然是真的。说完，指着邻居家说，就是那家。小艾看了一眼说，就那家？我点了点头。小艾说，女人很难缠的，你小心点。我点了点头说，对，女人是挺难缠的，干杯！

接下来几天，每天十点左右，小艾会到店里来。前两天，有一天我不在，她让服务生打电话给我。我去到店里，小艾面前摆着一排啤酒瓶子，她说，马拉，你得陪我喝酒。没什么理由，她心情很好的样子。我们就那样喝酒、聊天、谈诗歌、谈油画，也谈各种八卦。第三天，我在店里一直坐到十点，店里没什么事情，我可以走的。服务生过来给我加了点水说，马老师，等人啊？没有，我点了根烟说，我等谁？服务生笑了笑走了，说，马老师，不要太虚伪嘛！我望着门口，感觉我真的是在等着什么。直到十点半，我才看到一个熟悉的影子从门口走了进来。

到店里坐下，小艾看着我笑了笑说，你在等我？我说，没有，没事在店里坐坐。小艾笑眯眯地望着我说，你真不是在等我？我说，也算是吧，闲着也是闲着。小艾满意地笑了起来说，你不会是爱上我了吧？我一口茶差点喷出来，又用力地咽了下去说，怎么可能？怎么不可能？我不漂亮？那也不是。那你怎么不会爱上我？我结婚了。结婚就不能喜欢别的姑娘了？也不是不行，感觉不太合适。马拉，真没看出来，你还是个好人啊！我不想再扯下去了，问小艾，你想喝点什么？小艾说，你呢？我说，我都行。小艾朝服务生招了招手说，你好，帮我拿一打啤酒。叫完酒，小艾说，马拉，我最见不得男人没主见，磨磨叽叽的，想喝酒就喝嘛。那天晚上，小艾喝得有点多，我也喝多了。喝完酒，我扶着小艾说，我送你回家吧！小艾推开我说，你回去，我不要你送。小艾摇摇晃晃地站起来，我跟着站了起来，小艾把我摁到座位上说，我不要你送，等我走了，你才能走。要不，我再也不来了。那好吧。我点了根烟，望着小艾说，你先走。小艾有漂亮的背影，两条大腿又长又直，她还有紧翘的小屁股，真是个美人。

和小艾喝了一个多礼拜的酒，圣诞节就到了。圣诞节前一天，我对小艾说，明天早点来，店里有活动。圣诞节那天，来了很多朋友，我拉着小艾从一桌喝到另一桌，我们唱歌，我们跳舞，我们充满了欢乐。凌晨两点，人慢慢地散了。我和小艾还有几个朋友坐在院子里继续喝酒，小艾给我们讲了一个故事，逗得我们哈哈大笑。朋友提议说，咱们别干喝了，玩个游戏吧。这个建议得到了响应。规矩很简单，我们摇骰子，输了的必须接受赢家的惩罚。惩罚也分几种，真心话大冒险，喝酒，赢家亲输家一下——要湿吻。桌子上除了小艾还有两个姑娘，我们的眼睛亮晶晶地看着她们。小艾拿着骰子笑哈哈地说，你们几个臭男人，不就想占点便宜嘛，来就来，谁怕谁呀！气氛活跃起来，小艾一连输了三次，说了一句真心话“我不是处女”，喝了两杯酒。她已经喝多了，不能再喝了。我拍了拍小艾的肩膀说，别喝了，早点回去。小艾把我的手甩开说，谁要你管，你又不是我妈。周围的人“哄”的一声笑了起来。小艾又输了，赢家是我。朋友们意味深长地看着我，我望着小艾说，你多大了？小艾说，二十一。朋友们齐齐地拖长音调说了声“切——”。下一局，小艾赢了，输家是我。小艾看着我，笑眯眯的。她问我，马拉，你想我怎么收拾你？我正准备举杯，小艾说，我不要你喝酒。我说，你问吧。小艾摇了摇头说，马拉，我要亲你。我从椅子上站起来，准备跑。朋友抓住我，把我摁在椅子上说，马拉，不带这样的，愿赌服输，你一个大男人，装什么装！一桌子人幸灾乐祸地看着我，这才是他们的目的，他们充满了期待。小艾走过来，双手捧住我的脸，嘴唇凑了上来，紧紧地压在我的嘴唇上。一个深入的吻。我闭着眼睛，心情美好得像是晴天，万里无云。我还陶醉着，她往我嘴里吐了一口口水。小艾满脸得意地放开我，擦了擦嘴巴。不，不能，刚刚接完吻，我不能把口水吐出来。我赶紧拿起杯子，喝了一口酒，连着口水一起吞进了肚子。就在这会儿，我看到门口有一个人影，我的酒一下子被吓醒了，没错，是我们的女邻居！即使在黑暗中，我依然能感觉到她狠毒的眼神。我有点慌了，连忙站起来，想让大家安静些。让我意外的是，女邻居竟然没骂人，只是愤愤地转过身，走了。

那天晚上，我喝多了，一直睡到第二天下午才起床。洗了个澡，刷完牙，我找了个小店喝了点粥，又去了店里。身上的酒精似乎还没完全散发干净，整个人昏昏沉沉的。到了十点，小艾来了，看到我，小艾坐了过来。我不想理她。小艾凑到我耳边说，马拉，你都吃了我的口水，以后要听我的。说完，就走了。

快过年了，日子还是那样。小艾隔几天会来店里，我们没有再提起圣诞节那天晚上的事情，也没有再次亲吻，那件事似乎已经过去了。我们保持着那种平淡的关系，略微带点暧昧，朋友们都说小艾是我女朋友，但我知道不是。小艾是个谜一样的姑娘，她和以前一样跟我聊天，跟我喝酒，让我有些无所适从。

一个傍晚，六点多的样子，小艾来了，跟她一起来的还有一个五十多岁的男人，小艾挽着他的手。他们点了三个菜，小艾没有喝酒，她和男人面对面地聊天，声音很低。我坐在院子里，努力不朝小艾那里看，忍不住的时候就迅速地瞟一眼。小艾和男人的关系亲昵，男人看着她，满眼的柔和。隐约的嫉妒从我心里升上来，让我想发火。我让服务生拿了一打啤酒给我，一杯一杯灌下去。小艾和男人吃了一个多小时，临走，小艾和我打了个招呼，趁男人不注意，回头给了我一个飞吻。等小艾走出门，我把杯子狠狠地摔到了地上。小艾什么时候进来的，我没注意，那会儿我喝多了。小艾坐我对面，笑眯眯地看着我。等我看清是小艾时，我扭过头去。小艾把我的脸扳过来说，看着我。我盯着小艾，恶狠狠地吐出几个字，你这个婊子。小艾却没生气，还是笑眯眯地看着我说，你生气了？我拿起酒杯，准备喝酒。小艾把杯子夺过去，问我，你生气了？我说，我生什么气，我有什么资格生气？小艾把杯子推到我面前说，你喝吧。我愣了一下，小艾说，没想到你醋劲还挺大的，还说不会喜欢我呢。说完，小艾凑到我身边说，你知道那男人是谁吗？我说，我不用知道，我干吗要知道。小艾说，你肯定想知道。说完，停顿了一下说，那是我爸，还醋不？还借酒消愁不？千万匹草泥马在我面前奔腾而过，此刻，我只想说三个字，草泥马！我觉得我彻底被打败了。

小艾和她爸又来过两次，他们来的时候，我在旁边找一个位置，安静地喝酒。广东的冬天是多么美好，有灿烂的阳光，天空蓝得像一幅水彩画。我亲爱的小艾，她穿着薄薄的毛衣，毛衣毛茸茸的，她两只丰满的乳房藏在毛衣下面，这是一对伟大的秘密。不再有嫉妒，不再难过，我看着他们，像是看着我和我女儿。有一天，我希望我和我女儿也能坐在阳光下，她是个美丽的姑娘，我和她一起吃饭，说着心事。这一天终将到来，生命因此而美好。小艾偶尔回头看看我，她没和她爸介绍过我，该怎么介绍呢？说不清楚。我们像是两个心怀秘密的人，她爸是透明的，他在那里，和空气一样透明。

过完年，小艾告诉我，他爸回去了，她也该去学校了。那天晚上，天有些冷，我们点了热气腾腾的火锅。我们坐在火锅边上，有点心照不宣的感觉，这个晚上应该发生点什么。我摸了摸我的钱包，不管是现金，还是卡，都是够的。我该怎么说？把她喝高，顺其自然地带她开房，还是告诉她，我爱她。火锅沸腾着，小艾举着酒杯的手，白皙细嫩。我喜欢她的手指，还有画着兰花的指甲。她那么年轻，活力四射。我想起我的青春，它似乎过去了，其实没有，即使花甲的老年，每个男人心里依然住着一位白衣飘飘的少女，何况我还不老。亲爱的小艾，我输了。我想告诉她点什么。小艾跟我碰了一下杯，说，马拉，你想跟我说点什么吗？我回学校了，来得就少了，我知道你不会去看我。把酒喝完，我红着眼睛对小艾说，小艾，你是个好姑娘。她笑了起来，像一只小母鸡。你怎么知道我是个好姑娘？我把手伸到小艾面前，抓住小艾的手，很暖。我说，小艾，我想我是真的爱上你了。小艾把手从我手里抽出来说，马拉，我想跟你说点事，我自己的事。

你见过我爸。不知道你有没有留意他的口音，他是台湾人，是个摄影师。一年到头，有大部分时间，他全世界跑。每年大概有一两个月，我们会在一起。我爱我爸，我喜欢他积极、充满热情的生活。他也爱我，我想跟他满世界跑。我学油画，我不喜欢画画，那是我妈逼的，她一直想做个艺术家。我爸和我妈的恋爱是个错误，我是他们错误的结晶。我爸第一次到大陆，碰到我妈。那时候，我妈年轻、漂亮，他们结婚了，然后有了我。我妈不喜欢我爸到处跑，她想有个男人在她身边，我爸不愿意。结婚三个月，我爸去了非洲，拍角马、羚羊和长颈鹿。等他回来，我已经出生。我爸像个客人一样，我们家像是我爸的旅馆，他从外面回来，住在家里，很快又走了。我妈不喜欢。我五岁时，我爸想和我妈离婚。他觉得这种名存实亡的婚姻，实在没什么意思。我爸谈到离婚的那天晚上，我妈往自己手上插了两把刀子，她把手举到我爸脸上。那会儿，我爸睡着了，他是被血淋醒的。我爸满脸的血，翻起身看到我妈手上插着刀子。我爸把刀子拔出来，冲着我妈说，你神经病吧。我妈却笑了笑说，下次，就不是这样了。说完，拿刀子在手腕上比画了一下说，你要跟我离婚，我会让我的血淋在你身上，全身。那件事之后，我爸再也不提离婚的事，他回来得越来越少。每次回来，他说，他只是想看看我。我爸给我妈买了个大房子，每个月给我妈寄钱回来。等我长大了，我也不愿意回家，我不喜欢家里那种沉默、抑郁的感觉。

小艾说，马拉，你能想象不？我摇了摇头说，不能，我觉得你妈是个变态。小艾喝了杯酒说，如果你妈这样，你受得了不？我说，受不了，我肯定会疯的。小艾笑了起来说，这么说我心理素质还挺好，我没疯。说完，小艾望着我说，你怕我妈吗？我往椅子上靠了靠说，这样的女人谁不怕？小艾说，所以我觉得你挺强大的。我说，关我屁事。小艾又笑了，她笑得意味深长。我看了看小艾，突然意识到了点什么，我叫了起来说，嗨，不是吧？小艾点了点头说，没错，其实我也是你邻居，我就是你说的你那变态女邻居的女儿。我的脑子有些乱了，女邻居站在门口的影子又出现在我面前。我站起来，指着小艾的鼻子说，你他妈到底想干吗？小艾望着我，没说话。我气急败坏地转了几个圈，去他妈的，这世界全他妈乱套了，真他妈乱套了。抽了根烟，我坐下来说，你他妈到底干吗呢？小艾说，我没想干吗，马拉，我挺喜欢你，你信吗？不信！你可以不信，不过，我可以保证，她以后再也不会骚扰你们了。小艾说，我跟她说了，如果她再骚扰你们，我就再也不回家了。

后来，小艾说了些什么我已经不记得了。我把小艾送到她家门口，站在门口，望着院子里面，百感交集。小艾靠着墙说，马拉，你是不是想带我出去开房？我没说话。小艾伸手摸了摸我的脸说，你还想带我开房吗？如果你想，我跟你走。我摇了摇头。小艾说，你怕了？我说，不是怕，说不清楚。小艾走过来，抱住我说，那等你想清楚。说完，昂着头说，我吻过你，你还我一个吻。小艾的嘴唇甜蜜、柔软，那一瞬间，我真想死去。

我再也没看到我们的女邻居。好多次，我去敲邻居的门，我想她把门打开，跟她说两句话，如果可以的话，我还想约她喝两杯酒。门从来没有开，不管我敲多久的门。店里的客人都说我们这儿的服务越来越好了，来店里也不用担心有人往车上砸鸡蛋了。生意比以前好多了。好些个下午，我站在院子里面，看着邻居家的院子，芦苇依然那么高，里面依然那么安静。

不管我们闹到什么时候，不管我们发出多么放纵的笑声，那个影子再也没有出现在我们门口，更不用说手里拿着玻璃瓶子了。好几次，老罗说真是奇怪了，隔壁的泼妇怎么消停了？老罗说这话的时候，我总会喝一杯酒。

我有些想念小艾，自从她回学校后，好几个月了，她都没有回来，也没有给我打过电话。我有些想念她。我想找找我们的女邻居，我想和她谈谈。

谢东娜医生

王树的睡眠一直有问题，一到晚上，他的眼睛像两只萤火虫，即使闭着，身体里依然闪闪发光。他躺在床上，光着膀子，像一只去壳的蚌，肥硕的白肉随意地摊开来。人到中年，他不得不承认，身体已经开始腐朽，那光鲜的外表，就像一层漆，包裹着锈迹斑斑的铁。饭后散步，他总是穿着宽大的短裤，粗壮的小腿毛发葱郁，两条大腿之间的肉摩擦着，隐隐地疼，肚子上积累的油脂活跃地跳动着，跟着身体的节奏“一二一”地摇晃，这让他感到非常吃力，更生出青春已逝的感慨。每次散步，他都不会走太远，顶多围着小区的水泥路，弯弯曲曲地走一圈，大约一公里。

他固定在十一点上床，不能再晚，如果晚了，他整个晚上都无法入睡。刚开始，他吃安眠药，也确实是有用的，但并没能维持多久。很快，他发现安眠药并不能解决他的问题，他不得不指望原始的生理机能。洗完澡，看一会电视，然后靠在床头看书，到了十一点，不管愿不愿意他都得丢下书本，闭上眼睛。在黑暗中摸索两个小时左右，他隐隐觉得他开始进入睡眠。王树的睡眠非常浅，即使一只蚊虫的嗡嗡声也会把他吵醒。由于这个原因，他们买房子花了很大力气。小区环境要好，离马路要远，生活设施要齐全，这要求很高。但对王树曾经的妻子来说，这不是问题，因为她是一个更加挑剔的女人，对生活品质的要求从不放低。装修那会儿，王树只干了一件事，把信用卡交给妻子。等他再次进来，原来的水泥坯已经被装点得时尚而宁静，是王树喜欢的风格。他尤其喜欢那两个插了干枝的花瓶，干枝细长，有着难以置信的白，花瓶是陶的，有原始的花纹，两者搭配起来非常舒服。他的睡眠并没有因此变得更好，但已经没什么好说的了。

除开睡眠，王树的精神状态也不太好，他总是忧心忡忡，缺乏应有的活力。在外人看来，王树的生活堪称美满，在这个城市里，他是数得着的成功企业家，做的还是文化产业，他是这个城市最大的连锁书店的老板。妻子不但漂亮而且聪慧，把家庭生活打理得井井有条，没什么需要王树操心的。有必要介绍一下王树的妻子，她是一个并不成功的舞蹈演员，原来在歌舞团工作，一直没有成为一线演员。认识王树之后，他们很快地恋爱、结婚。再后来，歌舞团的日子日益艰难，不少的歌手和舞蹈演员开始到酒吧、夜总会兼职，歌舞团的名声越来越糟糕。王树的妻子想办法办了病退以后，在家做全职太太。可天有不测风云，人有旦夕祸福，这么一个美好的妻子前些年竟患癌症去世了。至于王树的儿子，他一直是学校里最优秀的学生，现在正在北京念大学。

他本该是一个多么幸福的人啊，连王树自己都这么想。但妻子去世后他感到非常非常累，精神恍惚，像是生活在梦中。或许真的是出问题了。王树去医院检查过身体，所有指标都很正常，这让他对身体的怀疑彻底失去了依据。

王树是在和大学同学喝茶的时候受到启发的。那天，下着雨，同学突然打电话给他。在电话里，他没听出同学的声音，态度冷漠。后来才知道，原来是一个差不多十年没有联系的大学同学。读大学那会儿，他们几乎天天泡在一起，干着在别人看来不着调的事情。那会儿，他们还年轻，他一点也没有发达的迹象。吃过饭，同学提议去喝茶，他皱了一下眉头，还是爽快地答应了。在茶楼里坐下，俩人聊了一会儿天。这么多年没见，他们并不显得生疏，让他觉得意外的是，他们都没有询问对方这些年来的生活细节，比如在哪里工作，现在情况怎么样，老婆孩子如何，等等。他们聊了一些旧事，现在想起来，就像做梦一样的旧事。比如吧，同学说王树当年曾经苦苦追求过一个物理系的女生，王树却一点印象也没有。

同学笑着说，王树，你现在不想认账了吧？

王树说，不是，真不是，我确实不记得有这种事情。如果你说，有天晚上我们喝多了，拿一块红布把建校纪念碑包裹起来了，那我肯定承认。

同学喝了口茶，感叹道，那都多少年前的事啦。说完，望着王树说，王树，你真不记得了？

王树点了点头说，真不记得了。

同学叹了口气说，那事确实是有的，我还记得那女孩子叫马丽琴，总是梳着个马尾辫，我们都叫她马尾辫，瘦瘦的，高高的。我们都说不适合你，你不信，还给她写了很多诗。

王树脸红了一下说，是吗？

同学说，是啊，你好像追了她两年吧，或者一年半，反正挺长一段时间的。

王树说，哦。

同学看了王树一眼说，前段时间我碰到她了，漂亮了，没那么瘦，现在在原子能研究所，高科技呢。

王树笑了笑。

同学说，她还记得你呢。

王树又笑了笑，似乎有些不好意思。

同学说，她离婚了，一个人带着孩子过。

同学说得越多，王树越觉得迷惑，他强烈怀疑同学说的那些事情是不是真的发生过。不管怎么说，他不相信如果同学说的事情真的发生过，他会把它给忘了。几乎一整个晚上，同学都在给他讲马丽琴的事情，试图让他回忆起来。但是，很遗憾，他真的是一点也想不起来。望着同学满是怀疑的脸，他不安地说，我想我可能是出问题了。

接着，他坦白地跟同学说了自己的处境，包括他的睡眠和忧郁。听他说完后，同学语气沉重地说，王树，我说点我的想法，你别见怪。王树说，你说。同学说，王树，我想你可能心理出了点问题，你知道，现在患心理疾病的人特别多，越是成功人士，患心理疾病的越多。同学的话让王树心里“咯噔”了一下。临走的时候，同学给了王树一张名片说，你有空可以找她聊聊，她是这个城市最好的心理医生。王树接过名片扫了一眼，谢东娜，这是一个漂亮的名字。

过了半个月，王树用上了这张名片。他开着车，按照名片上的地址找到了谢东娜医生。那不是一家医院，而是一栋陈旧的小楼，有一个小小的院子，由于历史悠久，墙砖一副黑褐的面孔，有半面墙爬满了藤蔓植物，绿油油的。院子门没锁，王树推开门走了进去。院子很安静，一个人都没有，王树怀疑他是不是走错了地方。他朝院子四周看了看，有两个石凳，一张桌子，还有一棵高大的杧果树，院子的围墙上爬满了潮湿的绿青苔。他往里走了几步，看见一扇门，门上手写着两个胖乎乎的字“请进”，像两朵花。王树边走边想，这栋房子最早的主人应该是个读书人吧，或者是个落魄的官员。他顺着箭头上了二楼。二楼是一间图书室，并排摆着四排或者五排书架，书页有些发黄。阳光从外面照进来，书架和书显得毛茸茸的，非常有怀旧的质感。他看见一个女人站在书架边整理书籍。王树走过去打招呼说，你好，我找谢东娜医生。女人笑了笑说，我就是谢东娜，不过我可不是什么医生。说完，她咯咯地笑了起来。王树愣了愣，但很快反应过来了。他说，不管你是不是医生，反正我找你来了。说完，他掏出名片说，我叫王树。谢东娜没接他的名片，扶了扶眼镜说，不用了，我认识你，你叫王树，书商，报纸上经常有你的照片和访谈。王树把伸出的手收回来自我解嘲地说，我什么时候成书商了？谢东娜说，卖书的商人就是书商。王树笑了笑说，原来如此。

谢东娜看了看王树说，你如果不介意，帮我收拾一下这些书好不好？它们太乱了。

王树说，好。

谢东娜说，谢谢啦，这些书太久没有收拾了。

整理书架的过程中，王树偷偷看了看谢东娜。她个子不高，大概一米六二，体重大约四十三公斤，整体上均衡，略微显得有点瘦。样子算得上漂亮，尤其是那副眼镜。王树本来不喜欢戴眼镜的女人，莫名其妙，他觉得谢东娜戴上眼镜特别好看，他不能想象谢东娜不戴眼镜的样子。

整整一个下午，王树都在帮谢东娜整理书架，按照谢东娜的指示把这本书放在这里，然后把那本书调到这儿。自始至终，他都没弄明白谢东娜到底想按什么顺序来排列这些书，类别，字母，还是国家？但这没关系。王树本想告诉谢东娜，他是来看病的，他觉得他的心理出了问题，他想在她这里接受治疗。整理完书架，已经是傍晚了。谢东娜看了看表说，该吃饭了。她用征求意见的眼光瞥了王树一眼说，一起吃晚饭？王树想了想说，算了。谢东娜没再勉强，笑了起来说，那不好意思，麻烦了你一下午。王树说，没事。谢东娜说，拜拜。王树说，拜拜。

接下来的一个礼拜，王树是在忙碌中度过的，像一只被抽打的陀螺，他的睡眠依然很糟糕。一直到周末安静下来，他才想起来，他应该去找找谢东娜医生。说真的，王树不相信谢东娜是医生，至少不会像同学说的那样是这个城市最好的医生。在王树的印象中，医生是那种一丝不苟、很严谨的人。如果是西医，好的医生应该是年轻的，像一个知识分子；如果是中医，据说老的要好一些，特别是仙风道骨的那种。这两种特征谢东娜都不具备，她的身上没有一丝一毫医生的气息。也许有，反正王树嗅不出来。他不想花太多的时间去猜测谢东娜的身份，这似乎也没什么必要。他知道的是他喜欢和谢东娜在一起的那种放松、愉快的感觉，他决定再去看看谢东娜。

走上二楼，谢东娜微笑地望着他，似乎早就知道他会来。谢东娜指了指书架边那张巨大的书桌说，我们喝杯茶。王树这才注意到那张巨大的书桌上是放了茶具的，杯和壶都是考究的紫砂。王树坐下来，打趣地说，谢医生真会享受生活。谢东娜给王树倒了杯茶说，你别叫我谢医生，我不喜欢。说完，举起茶杯，举到鼻子边闻了闻说，你看看这茶怎么样？王树不好意思地说，对不起，我不懂茶，牛饮的那种。谢东娜撇了撇嘴说，你总知道好不好喝吧？王树说，那还是知道的。谢东娜说，那就足够了。喝完茶，谢东娜说，我们去三楼吧。

三楼布置得很简单，隐隐有股明媚的香气，若有若无。王树朝四周看了看说，这是你住的地方？谢东娜说，不是，这是我的工作室。王树这才意识到，不管他怎么感觉，谢东娜都是一个医生，心理医生，他来这里是来看病的。谢东娜在王树身边坐下来说，王树，你知道，其实每个人都会有自己独特的感觉，关键问题是这种感觉是否会让人觉得舒适，是否会让你的内心获得宁静。对任何人来说，宁静才是最重要的。王树说，这个我懂。谢东娜笑了笑说，你总是自作聪明，以为自己什么都知道。王树说，那也不是。说完，望着谢东娜说，好像心理医生都喜欢催眠的，我记得《无间道》里面陈慧琳给梁朝伟催眠了。谢东娜不屑地说，只有最蠢的人才会去催眠。说完，朝王树笑了笑说，那里面陈慧琳后来还喜欢上了梁朝伟。谢东娜朝窗外望了一眼说，你也知道那是电影。过了一会，王树说，我从来没看过心理医生，说真的，我有点好奇。我觉得心理医生都是人性的猎奇者，我不太相信，人类的心理问题真的能通过心理医生解决。

谢东娜说，你知不知道有种东西叫安慰剂？

王树说，知道，就是把糖水当抗癌药给病人喝。

谢东娜说，基本是你说的这个意思。想了想，又补充道，其实，所有的一切，对人的灵魂来说，都是安慰剂，对生命来说，没有一样东西是真正有效的。

很长一段时间，他们就这样聊天，没有主题，谢东娜没有问他任何问题，就像两个老朋友一样聊天。王树躺在宽大的椅子上，谢东娜有时候在他身边，有时候会远远地看着他。大概到七点的时候，王树觉得有点饿了，他想谢东娜一定也饿了。他对谢东娜说，一起吃晚饭吧。谢东娜答应了，推了推眼镜说，还真有点饿了。

王树没想到谢东娜的吃相一点都不斯文，像个孩子一样。他现在知道，谢东娜三十一岁了，对他来说，这个年龄还小，但对女人来说，至少也该有个男朋友了。奇怪的是，谢东娜身边始终空荡荡的，和谢东娜在一起的两个下午，谢东娜的手机一次也没有响过。王树把这个问题提了出来。谢东娜头都没抬，鼓着嘴巴说，没男朋友，我还小呢。谢东娜的样子把王树逗笑了，他轻轻地敲了敲桌子说，慢点吃，没人和你抢。谢东娜满不在乎地说，我饿了。谢东娜的神情让王树心里有股异样的东西流动。他知道这些和情欲无关。他坐在桌子边上，看着谢东娜狼吞虎咽，像看着自己的女儿。王树今年四十三岁，按照现在流行的说法，正是男人最华丽的季节，有足够的成熟，有足够的物质基础，对女人有足够的理解，唯一遗憾的是可能身体不如以前了。可又有什么关系呢！

等谢东娜吃完，王树对谢东娜说，谢医生，我觉得你一点也不像医生，像个小孩，淘气的那种。

谢东娜擦了擦嘴说，我本来就不是什么医生，说完，一本正经地对王树说，以后不许叫我谢医生。

王树说，那叫什么？

谢东娜想了想说，谢东娜，小谢，小娜，随你。

王树笑了起来，这三种称呼迅速在他脑子里打转。

叫谢东娜不好，太生硬了，小娜似乎又太亲密了，也不好，小谢应该是最合适的，但王树又有些不甘心。于是，他对谢东娜说，你说我叫你什么好呢？

谢东娜说，我都说了，随你，除开谢医生。

王树想了好一会说，我叫你丫头吧。

谢东娜笑起来说，丫头，好的，这个叫法挺好的。

王树也觉得挺好，他为自己的聪明感到骄傲。是的，叫丫头既不会太生硬，也不会显得太亲密，同时也适合他的年龄，更为重要的是里面透露出隐约的暧昧，他喜欢的是这隐约的暧昧。

送谢东娜回家后，王树对谢东娜的印象进一步深刻起来。他发觉他喜欢这个女孩，率性的，自然的，那么健康。他突然想了解谢东娜更多一些，似乎只有这样才能与他的感情相匹配。仅仅过了一个礼拜，谢东娜的资料就摆在了王树面前。那是一个阳光明媚的星期三，王树坐在办公室的椅子上，看着私家侦探送来的谢东娜的资料，薄薄的一本，用橘黄色的文件夹夹着。王树还没翻开资料就把钱付了。他有些不安，仿佛在做一件不道德的事情。她是他的心理医生，他却在请私家侦探查她的底。送走私家侦探后，王树从椅子上站起来，走到窗子边上把百叶窗拉了起来，望着窗外。

正是八月，阳光把水泥路面晒得闪闪发光。路边高大的细叶榕叶子呈现出墨绿的颜色，褐色的根须低低地垂着，由于没有风，它们一动不动。

在窗子边站了一会，王树回到椅子上，慢慢翻开文件夹。第一页是一张大大的照片，照片上谢东娜微笑着，像是在看着他。王树伸出手，摸了摸谢东娜的脸，那是一张年轻的、漂亮的脸。接着，他看到了里面的资料，谢东娜，三十一岁，祖籍四川广安，出生于浙江杭州，毕业于北方大学心理系，硕士学位，曾短暂留学日本。后面的事情，是王树没有想到的，谢东娜曾经有一个高中同学的男朋友，那是她的第一个男人，也是最后一个。谢东娜大学毕业头两年，把所有心血都花在了这个男人身上，然而这是个多么不值得爱的男人啊，他把谢东娜的钱骗光了，然后跟一个女人跑了。从那以后，她身边没有出现一个男人，除开她的病人。资料里特别强调，谢东娜单身，还拍了很多谢东娜的照片，谢东娜身边像往常一样空荡荡的，连女人都没有。

看完资料，王树觉得有些难受，他没想到会是这样。他本以为谢东娜有良好的出身，她身边之所以没有男人，只是因为她眼光太高，还没有找到合适的。现在看来，全然不是。看完资料，王树给谢东娜打了个电话，问谢东娜什么时候有空。谢东娜说，除开晚上，什么时候都行。王树说，星期六下午如何？谢东娜说，好的，不过，如果你想来，什么时候都行。王树说，好的。说完，挂了电话。

还是下午，王树到谢东娜工作室和她聊天，他觉得是在聊天，又模糊地意识到对谢东娜来说，也许是治疗。一想到这个，王树就暗自发笑，他什么时候成了病人？一个需要医生来治疗和安慰的病人？这是多么奇怪的病啊，说真的，他简直有点爱上这种病了。和往常不一样，他有些心不在焉。眼前的谢东娜开朗、活泼、大方，尽管三十一岁了，却有着少女般的活力，他无法将那些悲惨的过往和眼前的这个女人统一起来。有好几次，他想抓住谢东娜的手，特别是当谢东娜的手轻轻地压在他的手背上时。他的手是滚烫的、战栗的，他只要将手从下面抽出来，自然地放上去就可以了。而且，他肯定谢东娜不会把手抽回去，只会用平静的大眼睛，微笑地看着他。他是个病人，医生怎么会跟病人一般见识呢？何况，她还是心理医生，心理医生需要获得病人的信任，打开病人内心的结，她需要病人内心的表达。再说了，在这个时代摸一下手也不能说明什么，连暧昧都算不上。尽管如此，王树却没这么做，他压抑着自己的想法。就像演戏一样，谢东娜说了些什么，他没有完全听进去，他开始觉得谢东娜像一个心理医生，她把他当成了病人。这不是王树想要的，他想要了解的是谢东娜，一个活生生的女人，而不是一个抽象的医生。

临走，王树突然想起来，包括这一次，一共三次，谢东娜都没有跟他谈起钱的事情。看病是要收钱的，这个道理王树懂。可谢东娜一直没开口，像是从来没有想过这事。王树看了看谢东娜，他想问谢东娜每次收费多少，又有些不好意思开口，似乎一开口谈钱，这事就弄得俗气了，就改变了他们之间的关系，就变成了真正的医生和病人。犹豫了一下，王树吞吞吐吐地说，丫头，耽误你这么多时间，该怎么谢你？谢东娜笑了起来说，你想怎么谢我？王树说，仅仅请你吃饭是不够的。他本来想说，我应该付治疗费，但是说不出口，就转过话头说，你很快会知道的。

那天晚上，他们没有一起出去吃饭，尽管吃饭的时间已经到了。

后来的那些日子，王树每隔一天就去看谢东娜一次，习惯性地。他给了谢东娜一个大信封，整整装了八千块钱，他想每次四百块钱，可以花二十次。这个价格是不是合适，他不知道，谢东娜没有跟他谈起收费的事情。他想，如果不合适，等这事完了再付也是可以的。把信封给谢东娜，王树觉得自己异常俗气。谢东娜大大方方接了过去，给了王树一个灿烂的笑脸，扬起信封说，谢谢！说完，把信封扔进了抽屉。她做得那么自然、大方。从谢东娜那里出来，王树抽了自己一个耳刮子，骂道，怎么你做得就这么难受呢？回头一想，又觉得不对劲，我付钱有什么不好意思的？

他和谢东娜并没有聊出新的东西，他们像老朋友一样，喝茶，聊古今中外。王树发现谢东娜很健谈，几乎什么都懂一点。除了聊天，谢东娜还告诉了王树一些自我心理调剂的技巧以及治疗失眠的方法。谢东娜让王树躺在沙发上，往他额头上滴了滴精油，慢慢揉散。谢东娜的手指柔软，贴着王树的额头，流畅地从眉心划向太阳穴。王树喜欢谢东娜的手指从他的额头滑过的感觉，他紧皱的眉头松弛了下来。当谢东娜的手指碰到他的腮部和鼻子时，他感到全身有种前所未有的放松的快感。谢东娜身上散发出淡淡的香味，细长，清新，让他想起儿童时期的春天。那青草，那河流，都有类似的味道。在谢东娜的帮助下，王树很快能够进入睡眠。等王树醒来，往往天已经黑了，谢东娜安静地坐在旁边看书。见王树醒来，谢东娜会朝他笑笑说，醒了？王树揉揉眉心问，我睡了多久？谢东娜看看表说，也没多久，不到三个小时。王树说，你一直在旁边坐着？谢东娜拍拍书本说，我看书。然后，他们一起出去吃饭，吃完饭各自回家。

这样的关系维持了大约两个月，王树想了解的东西并没有了解得更多。每次，他试图把话题引到谢东娜身上，谢东娜总会灵活地避开。但有一点必须承认，他的睡眠好了一些，情绪不再容易烦躁和沮丧。相反，他每天都生机勃勃，对谢东娜深入了解的愿望促使他希望下一次见面早日到来。谢东娜提醒王树，精油虽然有舒缓压力的作用，但长期使用也是不行的，会形成依赖，最好的办法还是依靠人体本身的机能。她对王树说，你不知道人体是一个多么复杂多么精确的结合体，世界上没有一部机器能比得过，哪怕是功能最强大的计算机。她说的当然是对的。偶尔，谢东娜会笑着对王树说，你是我见过的最执着的人。王树也笑了，他知道谢东娜的意思是他是她治疗最久的病人。

很快，秋天来了，南方的秋天不像北方，树一如既往地绿着，姑娘们依然穿着漂亮的裙子，被夏日阳光照射过的大腿，健康而充满活力。王树依然对谢东娜保持着往日的热情，他们的关系比以前更好了一些。王树摸过谢东娜的手，或者说牵过谢东娜的手了，谢东娜的手凉凉的，像一条蛇。第一次把谢东娜的手放在手心时，王树说了句，你的手很凉，听人说只有没人疼的孩子手才会是凉的。谢东娜笑了笑说，我本来就没人疼。她说的时候语气轻描淡写，像是在说一个和自己毫不相干的人。王树开玩笑似的说，我来疼你。谢东娜把手从王树手心抽出去，说，你看你又说瞎话了。

王树会永远记得那个日子，十月十四日，星期五。那是一个晴朗的日子，他像平常一样回家，吃过饭后，看了一会电视。时间还早，不到十一点，他进了书房。手机是在他翻开书的时候响起来的，他接了，电话里传来谢东娜的声音，那边周围声音嘈杂，王树根本听不清她在说什么。他说，你说什么？大声点，我听不见，你那里太吵了。谢东娜又说了一遍，他还是没听清楚。他大声说，我听不清楚。接着，电话里的声音消失了，他耳边一下子安静下来。王树把手机放在书桌上，望着它，想着它会不会再一次响起来。过了大约一分钟或者不到一分钟。王树拿起手机，想给谢东娜发条短信。就在这时，手机又响了一下，是短信提示音。王树翻开手机，淡蓝色的显示屏上短短几个字“我在IT8”。

他没开车，打的去的。

进了IT8，王树觉得自己像一条缺氧的鱼，这片水域是他不熟悉的，他在人群中艰难地游动。就在他奋力寻找着谢东娜时，他的胳膊被人拉住了。王树回头一看，是一个女人，穿着低胸的吊带，戴着一串大粒的黑檀木项链，项链最前端的金属坠子陷在深深的乳沟里，更为醒目的是她还戴着一顶军绿色的帽子，嘴唇涂成了乌黑色。在王树发愣的时候，女人在王树耳朵边上大声喊着，我是谢东娜！王树仔细看了看，没错，是她，却几乎让他认不出来了。王树哈哈大笑起来。是啊，这太有趣了，谢东娜完全变成了另一个人。他再看看自己，简直傻透了，穿着方正的皮鞋、长裤、正儿八经的衬衣，就差打一条领带了，一副公事公办的模样。

谢东娜拉着王树坐下来，台面上摆满了啤酒。谢东娜拿着一罐啤酒和王树碰了碰，然后一饮而尽。王树看着谢东娜，不管她样子怎么改变，孩子气却始终是变不了的。王树好几年没喝啤酒了，因为尿酸高。这会儿，他毫不犹豫地喝完了。谢东娜靠在王树身上，把手放在他的大腿上，时而搂着他的腰，时而搂着他的脖子。王树边喝边想，她喝多了。整整一个晚上，他们喝啤酒、跳舞。多年没跳舞了，王树胖胖的身体像一头熊，逗得谢东娜哈哈大笑。那是一个多么有趣的夜晚啊，王树变成了一个小伙子，谢东娜像个妖精。

他们是在凌晨两点离开的，喝了多少酒，王树不记得了，他记得的是他情绪亢奋，像一个英雄，他搂着谢东娜，仿佛这个女人本来就是他的。直到走在路上，凉风吹过来，王树才想起来，他该回家了。谢东娜还没醉，至少她的步子还轻盈。他拉着谢东娜的手，顺着马路慢慢地走。拐弯时，谢东娜转到他面前，抬起头，蜻蜓点水一样亲了亲他的嘴唇，环抱住他的腰，把头放在他的胸口上说，今晚别走，陪我。

第二天早晨，王树醒得很早，他揉了揉眼睛，确信他是睡在谢东娜那里。谢东娜还没有醒，一床薄薄的毯子搭在她赤裸的身上，王树想起了他们晚上的疯狂。他们一次次地做爱，那感觉如此美妙，像两只信天翁，一会儿滑上云端，一会儿急剧地俯冲向大海。谢东娜的疯狂让王树确信，他们之间是有爱情的，这爱情对他们来说压抑已久，他们理智地保持着距离。王树下了床，他的身体赤裸着。王树慢慢地拉开谢东娜身上的毯子，现在，谢东娜的身体完全地呈现在王树的面前，那胸，那腿，那山丘和泉水，是多么美妙啊。王树近乎贪婪地欣赏着谢东娜的身体，他用手捂住脸，眼里酸酸的，他真害怕他的眼泪会流下来。

从谢东娜那里回来，王树是愉快的。星期天，王树给谢东娜打电话，想约谢东娜一起吃晚饭，谢东娜拒绝了。王树有些意外，他急切地问，为什么？谢东娜在电话里的语气像是什么也没有发生过，她说，晚上我有事。放下电话，王树自作聪明地想，是的，发生了这样的事情，她需要一点时间来接受，他能理解。

过了两天，他直接去了谢东娜的工作室。他去的时候，谢东娜正在看书，像往常一样，她坐在椅子上，带着明媚的表情。王树坐下来说，丫头——他本来想说点什么，张开嘴，却不知从何说起。还是谢东娜打破僵局的，她微笑着对王树说，王树先生，我想你的疗程已经结束了，从你目前的状态来看，你无论是心理还是生理都已经恢复正常。王树以为谢东娜在开玩笑，是在暗指那个疯狂的夜晚。他走到谢东娜身边，把手搭在谢东娜的肩上，摸着谢东娜发凉的尖下巴和柔顺的头发说，丫头，我会是个好男人。谢东娜把王树的手拿下来说，王树，有些事情不是你想的那样。谢东娜一脸认真，不像在开玩笑。她递给王树厚厚一叠资料，王树翻了翻，是他的病象分析。让他意外的是里面还有他生活的种种细节。看到那叠资料，王树的脑子有些短路，难道他真的是一个病人？他什么时候给她讲起过这些？难道他所有的感觉，所作所为都是一个梦？

王树再也没有见过谢东娜，他去过那栋小楼和谢东娜的住处，但是很奇怪，他再也找不到她了。谢东娜像一个影子一样，避开阳光，彻底地消失了。就在王树慢慢放下谢东娜时，他在报纸上看到一则消息，北方某个城市，一位年轻的心理医生向警察自首，多年前，她杀死了她负心的男友，并将他肢解。报纸披露，这名心理医生谢某，三十三岁，女性，毕业于北方大学心理系，她杀死男友的日期是十月十四日。王树拿着报纸的手微微发抖，他相信这只是一个巧合，一个惊人的巧合。

他的睡眠再也不可能好了。

葬礼上的陌生人

小艾不是最后一个知道消息的，但消息传到她耳朵里时，还是有些变形了。电话响起来时，她正在家里看电视，播的是连续剧，言情的。像她这样一个女人，快三十了，结婚五年，爱情这东西早就像一条进入了永久冬眠的蛇，她想这一辈子这条蛇都不会再醒来了，春天遥远。丈夫是搞建筑的，算是个小工头吧，手下有一帮工人。接一个小工程，干完了，从承包商那里拿钱再分下去，运气好能赚点，运气不好，要不到工钱，也只能自认倒霉。丈夫一个月只有三五天在家，他总是很忙，小艾没什么怨气，她从来没有太多奢侈的想法。日子总是越过越旧，新鲜的日子越来越少。在镇上，小艾的朋友不多，她是从河南嫁过来的。和丈夫算是网恋，丈夫去河南看过她几次，彼此感觉不错，她就决定嫁了。嫁到走马镇，她无欢喜也不伤感。丈夫虽然有些粗鲁，但人还是和善的，也顾家。即使在外面，小艾也是放心的，从没听到丈夫在外面花天酒地的消息。这样的日子虽然不是小艾渴望的，却也不讨厌，算是波澜不惊吧。

小艾接了电话，是隔壁男人打过来的，他和自己丈夫在一个工程队做事。电话里，他的声音发颤。他说，是嫂子吧？小艾说，是啊，怎么了？他说，嫂子，阿民哥出事了。听到这句话，小艾依然是镇定的，她没想到事情会出得那么大。小艾甚至还笑了笑说，什么事啊？看你紧张的。电话里的声音带着哭腔，嫂子，阿民哥出大事了，头砸了。你赶紧过来，在市人民医院急救呢。放下电话，小艾心里乱了。她拿了存折就往外跑。从镇上到市里，要两个小时。就在这两个小时里，小艾的电话响了无数次。丈夫的情况她基本了解了，虽然有不同版本，但大体说的是丈夫经过脚手架时，上面有块砖头掉下来了，正好砸在丈夫头上。有人说丈夫只是被砸晕了，有的则闪烁其词地说丈夫脑袋砸开花了，脑浆流了一地。这无论如何是个坏消息，坏的程度要看丈夫是不是还活着。

等小艾赶到医院，丈夫已经死了。在太平间里，小艾看到丈夫静静地躺在那里，脸上像打了一层蜡，死相没小艾想得那么恐怖。她站在丈夫身边，表情麻木，悲痛是有的，却怎么也哭不出来。事情是怎样结束的，小艾已经记不清楚了，她只记得有很多人。丈夫火化后，她抱着一个小盒子离开殡仪馆，脸上没有泪水，只是有些干，略微显得呆滞。那么大一个人，却那么轻。现在，他乖乖地躺在小艾怀里。

按照镇上的风俗，丈夫火化后还是要下葬的。葬礼是在家里搞的，来了很多人，都是丈夫的亲戚。事情来得匆忙，她家里的亲戚还没赶到。小艾身着重孝，那两天，她终于哭出来了，哭得嗓子都哑了，身子都软了。两个婶娘搀着小艾，给来吊唁的人磕头回礼。葬礼搞完，小艾大病了一场。等她起来，她才知道一切都变了。从丈夫死的那刻起，她已经成了一个寡妇，一个举目无亲的寡妇。丈夫留下了一些钱，不到二十万，指望这些钱活下去，也不算难。走马镇消费不高，一斤猪肉七块钱，她还有房子住，又没什么债务。但问题是她是个寡妇，又没个孩子，在外人看来，她迟早是要再嫁的。这些钱，就不一定是属于她的了。

丈夫死后，小艾明显感觉到了来自公婆的压力。他们总是在试探小艾，想知道小艾手里到底有多少钱。他们当时的态度还算和蔼，儿子尸骨未寒，他们还不好意思做得太过分。但小艾知道，总有一天会撕破脸皮的，他们不可能让小艾带着丈夫的钱离开，如果可能，一分都不能。小艾娘家远，想靠武斗肯定是不行的，她必须想点别的法子。

看起来和往常一样，小艾照常上班，她在超市当出纳，整天清点数字。以前，她每天中午回家吃饭。丈夫出事后，她中午就不回家了，随便吃点快餐了事。她不想回家对着公公婆婆那两张丧气的脸。儿子死了，他们的悲痛小艾理解，白发人送黑发人，大概是世上最惨的事情吧。但丈夫的死和小艾没有关系，她也是受害者。晚上回去，吃完饭，小艾赶紧逃回自己房间。公公婆婆一下子老了很多，家里的空气沉闷、凝固，简直要把小艾闷死。以前，小艾还看看电视。现在，电视也不看了，不合适。她总不能让人说她是个没良心的女人，丈夫死了当没事似的。奇怪的是，小艾真的没有太多的悲痛，好像丈夫只是出了远门一样，她知道他不会再回来。这个家，让她感觉别扭。她算什么？一个外来者或者入侵者。这里的人，都和她没关系，一点关系都没有。房间里还有丈夫和她的结婚照，照片里丈夫微笑着，她穿着白色的婚纱，脸上的笑容也是幸福的。睡觉时，小艾一抬头就可以看到丈夫，这让她不舒服，她想把照片取下来，想了想还是没取。算了，就让它挂着吧。小艾用被子盖住脸，心里酸酸的。

转眼，春天来了，到处都是绿树新枝。小艾慢慢适应了现在的生活。她还不想再找个男人，她不着急，真的，一点都不着急。这样的生活也不坏。以前，如果说生活还有什么需要担心的，那就是丈夫了，建筑工地经常出事故，这个小艾是知道的。现在，她确实没什么好担心的，未来她还没有开始打算。同事和小艾聊天，偶尔会问，小艾，有什么打算没？小艾就笑，说，能有什么打算？同事就说，小艾，我是把你当姐妹才和你说这个话。你还这么年轻，别这么死心眼，日子还是要过的。同事说的意思她当然明白。是的，她还年轻，是应该找个人的，迟找不如早找。女人的好年月没几年，过了就难了。她现在三十岁，保养得还算好，虽然不能说美丽，起码也是清爽的。再加上没生过孩子，她的身材保持得还算不错，如果从背后看，说是二十四五岁也是有人信的。丈夫死后，不是没人找过小艾，小艾却只是笑笑就算了，觉得用不着那么着急。

下班回家，小艾有时会带束姜花，不招摇，也够清爽。姜花插在一个长脖子玻璃花瓶里，有干净的香气。小艾喜欢那种香气。瓶子还是小艾自己去买的，在众多的花瓶中，小艾只看上了这个，别的要么太张扬了，要么太俗气了，跟家里的气氛不搭。至于花，姜花就很好了，别的花显得太喜气洋洋了。小艾总是在花还没谢时就换新的，她喜欢家里有些新鲜的气息。丈夫和她的婚纱照，她已经取下来了。她不想整天摆在那里，让她睡觉都心神不宁。再说了，人已经死了，活人还得继续，总不能一辈子困在里面吧。她和公公婆婆的关系似乎好了一些。小艾安稳、平静的表现让他们放心了，大概是觉得小艾没那么快出门。甚至有时候，婆婆也会对她说，小艾，是我们小民没福分，你要是看上什么合适的人，带回来给妈看看。小民走了，又没留下一儿半女的，做女人难，我也晓得。有合适的人，你再嫁我们都不反对，我们会当嫁女儿一样风风光光送你出门。小艾听后总是说，妈，看你想哪去了，我一点那个想法都没有，你看我现在不是挺好的。

从表面上看，是挺好的，有什么不好啊？别人看不出来。小艾自己是知道的，她觉得自己被抛弃了，孤立无援。别的，小艾还真没怎么想。男女之间的那点事，丈夫在的时候本就不多，一个月也就三五次，最多六次吧。丈夫死后，她的身体似乎也跟着死去，没有一点欲望。洗澡的时候，小艾时常看自己的身体，她也觉得奇怪了，她怎么就一点欲望都没有呢？她的乳房、小腹生机勃勃的。

大概是五月的某一天吧，小艾还记得那时已经热了，她穿了裙子。同事阿芳走过来敲了敲小艾的桌子说，小艾，有人找你。阿芳算是小艾最好的朋友，只有和阿芳在一起，小艾还能说说心里话，态度也随便些。阿芳二十六岁了，连男朋友都没有，据说在感情上是受过伤的。到底是什么伤，阿芳自己没说，小艾也没问。小艾愣了一下说，找我？谁找我？阿芳笑了笑说，我哪里知道，你自己不知道？小艾说，神经病，我怎么知道？阿芳笑了笑，暧昧地说，男的，还挺高的。小艾笑了起来说，你个花痴，要不要介绍给你呀？阿芳说，你还是先管你自己吧。小艾合上账本说，你别逗我，在哪呢？阿芳说，一楼，服务台那里。小艾说，我先下去一下。

出了办公室，小艾还在纳闷，谁会找自己呢？她在走马镇没什么朋友，熟悉她的人直接打她电话就好了，用不着跑到超市来找。走到服务台，小艾问服务生，刚才谁找我呢？服务生指了指休息区说，就那个，高高的，穿蓝衬衣的那个。小艾望了一眼，这个男人她不认识，她可以肯定，这个男人她不认识。小艾还站在服务台边上，男人站了起来，朝小艾走过来。他和小艾打了个招呼说，你是小艾吧？小艾不自然地捏了一下钥匙包说，是的，你是？男人笑了笑说，你可能不认识我，要不我们找个地方坐坐？小艾说，有话就在这里说吧，我还要上班。男人看了看服务生，又看看小艾。小艾说，我们到那边坐一会吧。看了看表，小艾说，不过我真的要上班，没很多时间。男人说，没事的，几分钟就好了。

在休息区坐下，男人说，我和阿民是好朋友，他的葬礼我去了，不过你可能没印象了。小艾说，不好意思，真没印象了。男人说，没关系，对你来说，我是个陌生人。小艾朝四周看了看，又看了看表说，你有什么事吗？男人说，确实是有点事，跟阿民有点关系。听男人说完，小艾的心猛地一沉，她想，不是阿民在外面还有什么烂账没结吧，不然人家不会找上门来的。男人递给小艾一张名片说，我是豪发工程公司的，我们以前和阿民有几单业务，好几个工程都是他做的。小艾站起来说，对不起，他的业务我不清楚，你找别人。男人说，小艾，你听我把话说完。小艾说，我不知道你们是什么关系，我不清楚，我也不想搞清楚，但你要明白，阿民不在了，我自己的事都搞不清楚，他的事你该找谁找谁。男人看了看小艾，突然笑了起来说，你把我当成讨债的了吧？小艾说，难道不是吗？男人说，小艾，你坐下，先坐下来。等小艾坐下来，男人从包里拿出一个信封说，这里有8367块钱，是工程余款。我们前段时间结算，还欠阿民工程队的钱，我给你拿过来了。说完，把信封递到小艾面前说，你点点。小艾一下子愣在那里，她没想到还有人给阿民送钱过来，他人已经死了，像这样的工程队，一般人一死，账也就烂了。小艾说，阿民的钱？男人说，你点点，如果没错，签收一下。小艾说，你看，刚才真是对不起。男人说，没关系的。小艾签完字说，要不，等我下班找个地方吃个饭？男人说，算了，不用了，你一个人也挺不容易的。有事可以找我，名片上有我名字和电话的，你叫我杨扬就行了。

送走杨扬，小艾打开信封看了看，没错，里面是钱，齐整整的百元大钞，还有几张零票。她看了看杨扬的背影，他确实挺高大的，大概有一米八，比丈夫的个头要高一些。回到办公室，阿芳说，回来了？小艾嗯了一声。阿芳说，没什么事吧？小艾说，没事。阿芳看了看小艾手里的信封说，不会吧，那么长的情书啊？小艾说，去你的，情书，我都一百年没见过那东西了。说完，装作漫不经心地把信封扔进抽屉。

下班后，小艾把钱存进了自己的户头。回到家，吃过饭，回到房间，小艾拿出杨扬的名片看了看，把杨扬的电话号码存进手机。本来她想给杨扬发条短信，表示感谢，顺便道个歉，她当时的态度太生硬了。想了想，还是没发。以后有机会请杨扬吃个饭吧，小艾想。晚上睡觉时，小艾意外地梦到了杨扬。

过了一两个月，小艾慢慢忘了这事。这钱小艾拿得心安理得，丈夫的钱也就是她的，即使他死了，他的钱还是她的。手机里杨扬的电话小艾一直没打，没发短信，号码也没删。每次翻看通讯本，小艾都会看到这个电话，有几次，她都想删了。她想，她这辈子都不会和这个男人发生什么关系。可能因为他是个好人吧，一个好人的电话，删不删都无所谓的。

小艾拨打这个电话是一个意外。她去市里玩，真的是玩，走马镇太闷了。她和几个女同事一起去的，买买衣服、逛逛街。逛完街，同事去找同学或朋友玩，约好五点在车站集合，小艾就一个人了。她在街上逛了一会，有些饿了，她想不如找杨扬出来吃个饭吧，算是表示感谢。打通电话后，杨扬说，你好，你是哪位？小艾隐隐有点失落，她本想挂了的，想了想说，我是小艾。杨扬的声音热情起来，小艾啊，有什么事吗？小艾说，也没什么事，想请你吃个饭。杨扬在电话里笑了笑说，好啊，在哪呢？小艾看了看四周说，我在中山二路商业街路口。杨扬惊讶地说，你到市里来了？你等我一下，我马上到。

他们找了一个安静的地方吃饭，是西餐，比走马镇的土西餐味道好多了。杨扬问小艾要不要喝点酒。小艾说，不用了，还要回去呢，一喝酒就晕。杨扬笑了笑说，那给你拿个果汁吧。杨扬跟两个月前差不多，没什么变化，只是这次小艾看得更清楚了，他鼻子高挺，轮廓清晰，算得上英俊。和杨扬相比，小艾觉得自己有点土，尽管她相信她比杨扬年轻一些。西餐厅的音乐让人放松。小艾看了看四周，多半是年轻的情侣。和丈夫一起时，小艾是没吃过西餐的。丈夫不喜欢，他说一个牛扒要一百多，够吃十几斤猪肉了，有这么值钱么？

单是杨扬买的，小艾要买，杨扬说怎么可以让女孩子买单，那也太没风度了。小艾笑了笑说，什么女孩子，我都老女人了。杨扬一边付钱一边说，你挺年轻的。从西餐厅出来，杨扬说，我带你逛一下吧，我比你熟。小艾没有拒绝，离五点还有三个钟头呢。小艾又买了件衣服，杨扬帮着挑的，纯棉，样式稍微有点花。小艾有些犹豫，这是不是显得太喜气了？杨扬说，挺好的，你那么年轻。小艾说，可是……杨扬说，都过去了。散步时，小艾对杨扬说，你挺细心的也蛮有眼光，你老婆真有福气。杨扬说，我还没结婚呢。小艾脸红了一下，看了看表说，我该回去了。回走马镇的车上，小艾收到了一条短信，杨扬发的，短短几个字“你 QQ 多少？”小艾飞快地回了一串数字，把手机紧紧握在手里，像是怕人看见一样。

第二天中午下班，吃过外卖，小艾急匆匆走进网吧。登录后，她看到杨扬发过来请求加为好友的信息。小艾加了杨扬，杨扬的头像是灰色的，小艾发了条信息“你在吗？”没有回答。小艾有些失望，她又打了几个字，我回家了，一切都很好。发送后，小艾想发这个干吗呢？她好不好跟杨扬有什么关系。在网吧待了一会，杨扬的QQ头像依然是灰色的，小艾觉得没趣，下线了。下午上班，小艾心神不宁，她想给杨扬发个短信，告诉杨扬她加他为好友了。短信还是没发，小艾想，我这样算什么呢？是不是把简单的事情搞复杂了？

晚上十点，小艾收到了杨扬的短信。他问小艾能不能上线，小艾说，不行，家里没网络。小艾撒谎了，她家里是可以上网的。那还是丈夫给装的，丈夫说，你一个人在家里要是觉得无聊就上上网。丈夫嬉皮笑脸地说，你可别在网上找野男人。杨扬说，外面有网吧。小艾回短信说，太晚了，我不想出去。杨扬说，好吧，反正我没事，就在这等你，你来了告诉我一声。小艾说，好的，不过你还是别等了，我不上的。发完短信，小艾开了电脑，隐身登录，她看见杨扬的头像在闪烁。点开来一看，有杨扬的留言。小艾没回复，她坐在电脑前面，一直到十二点杨扬下线。

第二天上午刚刚上班，小艾又收到杨扬的短信，他说他昨晚一直等小艾等到十二点。小艾回短信说，你傻啊，我都说了我不上的。杨扬说，我想可能是有点傻了。看着手机，小艾笑了起来。第一次，在丈夫死后，她发自内心地笑了。整个上午，小艾都是开心的。临到下班，小艾发了条短信给杨扬说，我中午会上的，你来不来？杨扬没回短信。吃过午饭，小艾又去了网吧，一打开QQ，她看到了杨扬。见她上来，杨扬说，你怎么知道我会来？小艾说，我不知道。杨扬说，那你还来？小艾说，我喜欢，不可以啊？

杨扬说出那句话是在半个月后，不算快，也不算慢。对成年人来说，属于正常的节奏。杨扬说，小艾，我挺喜欢你的。小艾看着杨扬的头像笑了笑，他终于说出来了。小艾迅速地打下一行字“我知道，不过你说出来还是让我觉得有点意外，太快了。”其实不快了，小艾想，她总得含蓄些，不能一副急不可耐的样子，让男人给看轻了。杨扬说，周末我来看你吧。小艾说，还是我去看你吧。回到办公室，小艾有点困了，一连半个月没有午睡，她精神不太好。她想，接下来几天，她要养好精神，状态要好一点，至少要容光焕发的。

让小艾意外的是，见到杨扬，他们反倒拘谨了些。杨扬陪小艾逛了一会说，我们去洗脚吧。听到杨扬的提议，小艾快笑出来了，她努力压住笑说，好吧，我也有点累了。杨扬似乎有话想说，却吞吞吐吐地没说。小艾打破沉默说，你经常来洗脚吧？杨扬说，经常来，陪客户吃饭，洗脚好像是固定项目了。小艾说，你们男人乐趣可真少。杨扬笑了起来说，也是。说完，挠了一下脑袋。小艾躺下来闭上眼睛，她想，如果杨扬说点什么，她不会生气的。没结婚的男人，还是有点羞涩，也挺好。

回家的车上，小艾收到杨扬的短信，我这是怎么了？

小艾回，我不知道。

杨扬短信又来了，小艾，我真的很喜欢你，不知道怎么说出来。

看完短信，小艾顺手删了。她望了望窗外，楼房迅速地后退，她想她大概不属于这个城市。这里的一切，她太陌生了。

有几天时间，小艾没和杨扬联系。杨扬还有短信发过来，小艾一条也没回。她想安静一段时间，她这段日子是不是发疯了，像个小女孩似的。和阿芳聊天时，小艾说，现在的男人都怎么了？阿芳笑了起来说，现在的男人和狗差不多，都和“日”连在一起。小艾大笑起来，她笑得那么夸张，眼泪都要掉出来了。阿芳看着小艾说，有那么好笑吗？小艾笑完说，那你养了多少条狗啊？

小艾和杨扬到底还是上床了，就在第二个周末。杨扬来到走马镇，小艾一下班，杨扬冲过来，拉着小艾的手进了的士。车直接开到了酒店。关上门，杨扬红着眼睛对小艾说，小艾，我要你。他说的时候咬牙切齿地。小艾闻到杨扬嘴里的酒气，他应该喝了酒。小艾没说话，站在杨扬对面，看着杨扬微笑着，像是鼓励。杨扬又说了一次，小艾，我要你。小艾还是没有说话。杨扬一把抱住小艾，将小艾压到床上，急切地解着小艾的牛仔短裤。杨扬的进入粗鲁、任性又野蛮，小艾却没有感觉到疼痛。她躺在床上，望着天花板，杨扬撞击她身体的力度，与其说是做爱，不如说是占有。是的，像动物一样地占有，他在她的身上留下痕迹，然后她就是他的了。小艾没有一点反感，她知道她的身体一直醒着，她在渴望这一天的到来。从床上爬起来，小艾对杨扬说，我洗个澡就走，你早点回去。杨扬说，一起吃饭吧。小艾说，不了，我回去，这里不方便。屁大个镇子，东边吹个风，西边就凉了。杨扬说，那我打电话给你。小艾说，不了，下周我去你那儿。从酒店出来，小艾的腿有点酸。

每个周末，小艾会去杨扬那里。房子是租的，收拾得干干净净，不像单身男人的房间。小艾像猎狗一样细细搜索过房子里的味道，她看不出女人存在过的痕迹。有一次，小艾留了个发卡在床头柜里，那是他们放安全套的地方。小艾想，如果他还有别的女人，她肯定会看到这个发卡。安全套小艾数过，一共六个。下次去，小艾看到发卡依然躺在那里，安全套还是六个。他们见面，几乎每次都一样，一进门就热烈做爱，像一百年没有做爱一样。做完爱，起身吃饭或者干别的。每次从杨扬那里回来，小艾都想，是不是该离开走马镇，是不是该重新开始生活了。

半年前，杨扬还是一个陌生人，现在却是她的情人了。秋风已经凉了，她想日子应该有所改变。小艾和杨扬谈过将来的事情，她没说结婚，只是说她想离开走马镇。和杨扬的事，只有阿芳知道。阿芳没说别的，只让小艾小心一点，别被骗了。小艾笑了起来说，我有什么好骗的，要钱没钱，要貌没貌，还不知道谁吃亏呢。阿芳说，多点心眼总是不会坏的，我们这个年龄的女人，经不起几次折腾了。

小艾在想转移财产的事情。她清点了丈夫留下来的存款，有十八万左右，其中五六万是她自己赚的。杨扬给的那笔钱，她用另外的户头存着。小艾想，她拿十万，于情于理都说得过去，房子她不要，存款她拿十万，不算过分。她对婆婆说，想出去工作。婆婆没有反对也没支持。到了冬天，小艾辞职了，搬进了杨扬的房间。

和杨扬在一起后，小艾不想让杨扬再搞建筑了。小艾对杨扬说，你别搞建筑了，危险，干什么养不活人呢？杨扬说，别的我不熟。小艾说，我就不信不搞建筑能把我们两个饿死了。杨扬想了想说，也好，正好有朋友约我一起到山西开煤矿，不妨试试看。小艾不想杨扬搞建筑，更不想杨扬去搞煤矿，煤矿比建筑更危险。小艾对杨扬说，煤矿也别开了，我们老实做份工，安稳过日子就好了，我也不求你发财。杨扬说，小艾，我是去开煤矿，又不是去挖煤。没关系的，真的没关系的，再说了，等煤矿走上正轨了，我就回来了，我是股东，不用天天守在那里。杨扬摸着小艾的脸说，我有钱了就回来娶你。小艾说，我不想你走那么远。过了一个月，杨扬还是走了，去了山西。杨扬走的时候，小艾有种不祥的预感，杨扬这一走，可能回不来了。送杨扬上车时，小艾整了整杨扬的衣领说，在那边要是不行，赶紧回来，赚不赚钱没关系，人在就好，你晓得我是再受不得什么打击了。

刚开始，杨扬隔天打个电话，后来电话越来越少。

杨扬似乎很忙，每次打电话给他，都听到周围嘈杂的机器声。小艾觉得自己越来越像个怨妇。她本来以为她有了新的生活，这新生活却很快离她远去了。他们在电话里聊天的时间都不长，一般就是几分钟。杨扬偶尔会问问小艾的情况，多半时候他在说煤矿的事情。QQ杨扬很少上了，煤矿没几台电脑，都是工作用的，煤矿周围连个小镇都没有，更不要说网吧了。小艾想说点什么，总是被打断。杨扬说，小艾，我不和你讲了，又有事情。

这种日子小艾不喜欢，非常不喜欢，没有安全感。偶尔小艾也和阿芳说说杨扬，阿芳吞吞吐吐的。阿芳的意思小艾明白，别被骗了。小艾想，她有什么好骗的，真的没有，她住的房子还是他租的呢。阿芳说，小艾，如果他问你要钱，千万别给，说什么都别给。小艾说，没呢，他没问我要钱。

也是奇怪，和阿芳说过没几天，她接到杨扬电话了。杨扬说，煤矿资金周转出了点问题。小艾不动声色地“哦”了一声。杨扬在电话里说，熬过了这关就好了，刚开始都这样，资金总是不足。小艾说，问题不大吧？杨扬说，想办法克服吧。说完，电话里没声了。小艾以为杨扬会说出那句话，比如，小艾，你手头有钱没？ 有的话，先借我用一下。 直到最后一分钟，杨扬都没有说。 小艾想，难道他还在等什么？

挂掉电话，小艾上了 QQ，找到阿芳说，他说煤矿资金周转不过来。

阿芳说，他终于露出真面目了。

小艾说，什么真面目？

阿芳说,骗你钱啊！

小艾说,我觉得不像，他说可以克服，没问我要。

阿芳说，那是装的，打感情牌呢。

小艾说，没那么恐怖吧？

阿芳说，恐怖？ 简直就是残忍。 连你的钱都好意思骗。

小艾说，不用说得那么难听吧？

阿芳说，小艾，记住，无论如何不要给钱，就算他说得再可怜也不要给钱。

小艾看着电脑屏幕摇了摇头，她不相信世界如此凶险，她想总有一些东西是美好的，比如爱情。 是啊，爱情，听上去多傻，可她愿意相信。 她想人一辈子总要傻一次的，何况她还没试过，怎么知道呢？

电脑上，阿芳在叫她。

小艾——

小艾——

小艾——

关上电脑，小艾给杨扬打了个电话。小艾说，把你账号给我一下。杨扬说，什么？小艾一字一顿地说，把你银行账号给我，我这里还有点钱。杨扬说，小艾，你说什么呢？我哪能要你的钱。小艾说，这个时候就别分你我了，我的就是你的。杨扬那头停了一下说，小艾，我没事的，真的。小艾说，我借给你，要还的，还要利息。杨扬把电话挂了。小艾又打过去说，杨扬，算我入股可以吧？把你账号发给我。杨扬说，小艾，这边运行不太好，你别玩了。

把钱打给杨扬，小艾毫无把握。钱打过去了，杨扬说，谢谢。他的声音低沉，也许是累的。小艾说，你注意身体。杨扬说，我知道。过了两天，小艾打杨扬的电话，打不通。小艾想，大概是关机了吧。再过两天，再打过去，还是关机。小艾慌了，杨扬电话很少关机的。她想，她可能真的受骗了。是的，她赌了，她输了。明知道会输她还要赌，她真是个傻瓜。

小艾对阿芳说，我赌了，我可能输了。

阿芳说，你说什么？

小艾说，我把我所有的钱都打到他账号上了。

过了一会，阿芳说，你怎么知道你输了？

小艾说，我把钱打过去后，他电话就关机了。

阿芳说，也许他有事，或者没电了，说不定手机坏了。

小艾笑了笑，这些不过是安慰罢了。那天晚上，小艾吃了整整一瓶安眠药，她睡得很好，再没有醒来。她不知道的是，在山西某个小城的医院里，一个男人也死了。在他的遗物里，发现了一张银行卡，里面存了整整二十万元，密码是她的生日。

莫 思 归

钱德宝在单位是个司机，开了二十年的车。二十年，坐钱德宝车的厂长换了三个，钱德宝连违章的记录都没有，他还是个司机，他本来以为他可以安安稳稳地开到退休的。钱德宝只出过一次事故，就是那次事故让他把命给丢了。

那天，钱德宝开车送厂长去省城。从海城去省城要六个小时。厂长说，老钱，你还扛得住不？要不行，我找别人开。钱德宝笑眯眯地说，行，莫说六个小时，十六个小时也行。厂长给钱德宝发了根烟说，你莫吹牛。车上路了，一开始，啥事没有。从海城去省城那条路，钱德宝走了不下一百次，闭着眼都晓得方向。钱德宝车开得小心，不小心他也开不了这么多年。但那天，车稀里糊涂地冲出了马路，钱德宝把厂长从车里拖出来，满头是血地背着厂长硬是走了两百多米，一见到人，钱德宝就倒下了。等人们把他们送到医院，钱德宝死了，厂长活下来了。

从医院回来，厂长说，我这条命是钱德宝捡回来的，他死了，我得给他一个说法。厂里给了钱德宝一笔抚恤金，厂长觉得还不够。厂长找到钱德宝的老婆说，嫂子，老钱的事情我对不住你，别的忙我也帮不上。这样，厂里要人，我给你一个指标，顶老钱的职。刘彩娥听完厂长的话，松了一口大气。埋了钱德宝，刘彩娥一直在想这个事情。她本来想，要是厂里不给一个说法，她就去厂里闹，无论如何要给她安排一个人顶钱德宝的职。她有三个孩子，一个儿子，两个女儿，儿子已经结婚了，顶职是顶不了了。大女儿钱水红初中毕业，在社会上混了几年，整天跟一帮待业青年混在一起，涂脂抹粉的，名声臭了，刘彩娥不想让她去顶职。小女儿钱小红跟钱水红不一样，她喜欢读书，人也文气，正在读高三。

刘彩娥把三个孩子都叫回来开了个会。她说，你爸死了，厂里给了个指标去顶职。说完，看着三个孩子说，这个事情，我跟你们商量，把话说在前头，不要到时候说我办事不公道。儿子看了刘彩娥一眼说，你莫跟我说这个事，我想顶也顶不了。刘彩娥看着钱水红，钱水红一边涂指甲油一边说，你也莫看我，我晓得你不想让我去顶职，我也不想去。轮到钱小红了，钱小红怯生生地说，妈，我要考大学。刘彩娥拍了一下桌子说，哪个晓得你考不考得上？你们都不去是吧？你们是不是想我死给你们看，反正你爸都死了，我也没什么好活头了。钱水红对钱小红说，小红，你莫考大学了，考大学还不是要工作。钱小红小声说，我还是想考大学。

刘彩娥在床上躺了三天，不吃不喝。熬到第四天，钱小红端了碗汤跪在刘彩娥面前说，妈，我去顶职，你喝口汤。喝完汤，刘彩娥又开了个家庭会议。刘彩娥说，小红答应去顶职了，我也把话说明白了。刘彩娥看了儿子一眼说，不是我不想让你去顶职，你结婚了，按规定不能顶职，这个你不能怪我。说完，又对钱水红说，我晓得你想去顶职，顶了职就是国家的人吃的是公家饭，不是做妈的偏心，这些年你搞成什么样子你也晓得。你去顶职，妈怕你干不长。钱小红低着头。刘彩娥说，小红，你高中也快毕业了，拿了毕业证，你去顶你爸的职，你读了书，有文化，要好好干，不能给你爸丢人。你爸在单位虽然是个司机，但年年都是先进工作者。接着，刘彩娥说，我也不让你们两个吃亏。等我死了，房子归你哥。水红，我不要你养我。小红，等你上班了，工资你要交给我，我给你管。你出嫁了，我也不为难你，每个月工资你拿两成给我养老，还要给我送终。说完，刘彩娥看着三个孩子说，你们还有没有意见？儿子说，没有。钱水红说，没有。钱小红点了点头。

高考一考完，钱小红就进了厂。过了一个半月，钱小红收到了大学录取通知书。收到通知书那天，钱小红哭了一天。晚上，钱小红还在哭。钱水红爬到钱小红床上，抱着钱小红说，莫哭了，莫哭了，你都有工作了，大学读不读还不是一样。钱水红说，我要是能顶职，我笑都笑死了，你还哭。你莫说妈不偏心，妈就是偏心你。钱小红说，我想读大学。钱水红说，你现在想读也读不了，你顶职了。你要是敢跑，看妈不打死你。钱小红说，我晓得，我心里难过。等钱小红哭完了，钱水红拿着钱小红的录取通知书说，小红，你说，要是我拿你的通知书去读大学行不行？钱小红看着钱水红，好像不认识钱水红一样，你怎么读？你又没读高中，没高考。钱水红笑了起来说，我们名字就差一个字，长得也像，我把我的户口改了鬼晓得哪个是哪个。钱小红说，那怕不行。钱水红说，这个你别管，试一下，能行就行，不行散伙。钱小红考的是师范，本科，中文专业。

到了九月，钱水红提着箱子去了省城，钱小红老老实实在厂里上班。一个月，钱水红没回来。两个月，钱水红还是没回来。过了四年，钱水红大学毕业留在了省城，钱小红在厂里当上了小组长。等钱水红当上校长了，钱小红还是个小组长。她们都结婚了，钱水红的老公在省教育厅当处长，钱小红嫁得还算不错，老公在铁路上上班，虽说是个养路工，也算是铁饭碗。儿子也大了，都读高中了。

钱水红每次从省城回来，都穿得漂漂亮亮的，给这个带礼物，给那个带礼物。有几次，还让老公开车回来。钱水红一回来，邻居街坊都围着钱水红看热闹，听她讲省城的故事，都说水红出息了，都在省城当上校长了，不简单。钱小红看不过眼，觉得钱水红是臭显摆，她也不想想她以前的名声，也不想想她那个大学是怎么读的。一想起这个，钱小红每月给刘彩娥钱时，心里都疙疙瘩瘩的。钱水红倒是像没事一样，每次回来都给钱小红带礼物，有时是条项链，有时是条裙子。

钱水红说，今年这个款式时兴，女人就应该把自己打扮得漂漂亮亮的。钱小红不想要钱水红的礼物，每次又都收了，想起来也是人穷志短。钱水红每次回来都塞给刘彩娥一笔钱，一千两千的。给完钱，钱水红说，妈，你莫说我不孝顺，当年你虽然偏心，但你还是我妈，这钱你拿着。刘彩娥就笑，说，水红有本事，是妈不对，妈看走眼了。说完，意味深长地看着钱小红。钱小红有时也发脾气，妈，当年是哪个要我顶职的？要是钱水红老公不在，钱小红会指着钱水红对刘彩娥说，水红的大学是哪个考的？别个不晓得，你不晓得？刘彩娥就说，算了算了，都过去了。钱水红脸上一阵红一阵黑的，小红，你说这个什么意思嘛？钱小红哼了一声说，什么意思你晓得，你莫在我面前人五人六的，我看得心里不舒服。钱水红说，哪个人五人六了？我不是就话赶话吗？钱小红还想说什么，刘彩娥说，莫说了，莫说了，你们两个一见面就吵，我也不晓得上辈子造了什么孽，生了你们两个冤家。钱小红说，你莫以为我不晓得，你现在看水红发达了，心就偏到水红那了。你也不想想，你每个月的钱是哪个给你的。你看不起我，我丢了你的人撒？我要是当了厂长了，你什么话都没得说。钱水红说，跟你说不通。钱小红说，那还是我不讲道理了？

厂里的效益还好，每个月能拿到两千多块钱，在海城，这个收入算不错了。钱小红的老公马钱在铁路上当养路工，一个月也有两千多块钱。两个人加起来，就是五千多。海城到处都是下岗工人，他们两个都在国企上班，端的是铁饭碗，挺让人羡慕的。不见到钱水红，钱小红觉得日子过得挺好的。一见到钱水红，她的心病就发作了。马钱对钱小红说，算了，都是命，没什么好说的。你要是读了大学，我也讨不到你做老婆。钱小红打了马钱一下说，你个没出息的，儿子一定得上大学，不能像你活得那么窝囊，老婆都受人欺负。

钱小红平时话不多，一天难得说几句话。每个月，钱小红给刘彩娥送钱，不多不少，五百。每次给刘彩娥钱，钱小红都不舒服，倒不是钱的问题，她看不惯刘彩娥的样子。一见到钱，刘彩娥就搓了搓手，一遍一遍地数，数完了对着光照照。钱小红看不过眼，她说，我还能拿假钱骗你不成？刘彩娥笑眯眯地说，现在假钱多，哪个不怕。收了钱，刘彩娥也不留钱小红吃个饭，她说，下个月你记得啊。马钱说，钱小红，不是我说，你妈就是个财迷，就是个见钱眼开的货。钱小红说，你别那么说我妈。马钱说，本来就是，她对你什么时候像对女儿了？你就是她的长工。水红不是挣钱了吗？她干吗不找水红要钱？整天问你要算怎么回事吗？马钱不说还好，一说，钱小红就恼火了，她觉得她真是亏到死了。

儿子在念高三，眼看要高考了。钱小红觉得她的日子也快出头了，等儿子大学毕业，她再干几年就退休了，就能去给儿子带孙子。儿子住校，平时家里就两个人，马钱和钱小红。下班了，钱小红去菜市场买两个菜，随便弄弄，就对付过去了。钱小红身体有点不舒服，人总是懒洋洋的，她懒得去看医生。看医生贵，再说了，她也说不清到底哪不舒服。马钱说，你还是去看看，要是真有什么事就晚了。钱小红说，不看了，儿子要读大学了，学费贵着呢，能省就省着点。

等儿子上了大学，钱小红身体疼得更厉害了。晚上睡觉，钱小红按着胸口说，马钱，我这里不舒服。马钱伸手摸了摸钱小红胸口说，这里？钱小红点点头说，嗯，有点胀。马钱说，经常疼？钱小红说，也不是，就是觉得不舒服，有点不对劲。马钱说，怎么了？钱小红坐起来，挺起胸部说，你看看，是不是有什么问题了？马钱看了看，钱小红的胸部挺拔，即使生了孩子，年纪大了，胸部也没有明显下垂。马钱说，好像没什么。说完，仔细地捏了捏钱小红的乳房说，跟以前差不多。钱小红说，这阵子乳头经常有东西流出来，好像有点凹进去了。马钱又捏了捏钱小红的乳头问，疼不疼？钱小红摇了摇头说，不疼。马钱说，年纪大了可能都是这样的吧。钱小红说，要真是这样那还好。

又过了几个月，钱小红对马钱说，马钱，怕真是有问题了，我有点怕了。钱小红脱了衣服，把两只乳房赤裸裸地亮在马钱眼前。这次，马钱也看出来了。钱小红的两只乳头已经缩进了乳房里面，乳房上的皮肤也粗糙了。马钱摸了摸说，要是不放心，明天去检查一下，你莫吓人。

进了医院，检查，又是抽血，又是X光。隔了几天，化验结果出来了，马钱去拿的。马钱拿着化验单找到医生。医生看了看说，你老婆？马钱点了点头。医生皱了一下眉头说，赶紧让你老婆来住院吧。马钱吓了一跳，怎么了？医生说，要是没错的话，你老婆得的应该是乳腺癌，你要做好思想准备。听完医生的话，马钱僵在了那里，拿着化验单的手也抖了起来，严重么？医生说，癌，你说严重不？赶紧进医院，再做个全面检查。

回到家，看到钱小红，马钱话都说不出来了。钱小红一边做饭一边说，单子拿回来了？马钱坐在沙发上，看着钱小红，钱小红脸色还不错，要不是医生那番话，打死他也不信钱小红得了癌。马钱说，拿回来了。钱小红走过来，拿起化验单看了看，又放在桌子上：医生怎么说？马钱说，医生说明天要到医院去做一个全面检查。钱小红说，又是检查，医院只晓得骗钱，得个感冒都能诊你几百块钱，我不去了。马钱说，哪能不去，医生还没确诊，明天我请个假，跟你一起去医院。

做完检查，又等了一天。马钱找到医生，医生说，赶紧住院吧，都晚期了。马钱好说歹说总算把钱小红拖进了医院。躺在病床上，钱小红很不耐烦，她说，马钱，你干吗？到底怎么了吗？马钱的眼红红的。钱小红说，有事情你说嘛，你一个大老爷们声都不吭，眼泪巴巴的干吗？钱小红说完，马钱哭了。见到马钱哭，钱小红心里一下子凉了，她晓得肯定出大事了。医生说你得的是癌。钱小红的手按在胸前，她明白了。

在医院住了一个礼拜，钱小红坚持要出院。回到家，钱小红对马钱说，马钱，我的病我晓得了，得了癌，想活也活不长了。在医院里，我也想明白了，就算把我这两个累赘割了，再化疗，我也活不了几年，我不想受那个罪，要死我也留个全尸。马钱说，你莫舍不得钱，钱花了还能赚。钱小红说，你莫说我们没钱，就算有钱也折腾不起，癌就是个无底洞，你拿金子也填不满，我也受不了那个罪，你就让我在家里好好过过日子，哪天真要死，那也是命。马钱说，你得了癌，我不能不给你诊，不给你诊，你家里人要骂死我。钱小红说，我得的癌，不关他们的事，你莫管他们怎么说。

在家里住了两天，钱水红回来了。一进钱小红家门，钱水红指着马钱的鼻子就骂，马钱，你还是不是人？你老婆得了病，你不给她诊？你是不是巴不得她死？马钱想说什么，钱小红接过话说，你莫怪他，是我不想诊，你又不是不晓得，得了癌的，哪个能跑得脱？钱水红拉着钱小红的手，眼睛红了，她说，小红，你莫舍不得钱，你没钱姐出，姐心里过不去。钱小红甩开钱水红的手，说，我不要你的钱，我也不去诊。钱水红说，小红，我晓得你心里埋怨我，算我欠你的行不？钱小红笑了笑说，你不欠我的，你哪里欠我的！钱水红说，你莫说了，我让你姐夫在省城给你找了个医生，你跟我去看，钱我给你出。钱小红说，你要是真觉得对不起我，等我儿子毕业了，你给他找个好工作，就算报答我了。钱水红说，那是两码事，那个你不说，我也晓得帮你办，你还是先看病。钱小红说，你们也莫多说了，我说了不看。

从医院回来，休息了几天，钱小红又去了厂里，她觉得她要是天天在家待着，怕是死得更快。刘彩娥知道钱小红得了癌，来看过钱小红几次。看到钱小红，刘彩娥有话想说，又不好说的样子。钱小红说，你莫担心，只要我没死，每个月该给你的钱，我还是给你。说完，从抽屉里找出五百块钱说，该给你的钱，我一分不少你的。刘彩娥接过钱，数了数，小心翼翼地放进口袋里，给钱小红倒了杯水。我也不是爱钱，当年让你顶职的时候，我们都说好了，我要靠你养老，哪个晓得你又得了这个病。钱小红说，那你是怪我了？刘彩娥说，我怪不了你，本来我是要死在你前头的，我还不晓得我后半辈子怎么过。钱小红看了看刘彩娥说，你以为我想死？你以为我活得不耐烦了？说完，眼泪就出来了。刘彩娥给钱小红扯了张纸巾说，好了，莫哭了，哭得烦死人。临走时，刘彩娥转过身对钱小红说，早晓得你要得癌，就不该让你顶职，要是让水红顶，还能给我养老。钱小红哭得更厉害了，她一边把刘彩娥往门外推，一边说，你走，你走，我没你这个妈！

等刘彩娥走了，钱小红撕心裂肺地哭了一场。哭完了，她打开电视，想起来该做晚饭了，马钱还没回来。自从钱小红病了，马钱回家就晚了，有时候回来，也是带着一身酒气。钱小红知道马钱心里难受，她说，马钱，你莫难过，儿子也大了，等我死了，你再找个人。马钱说，我不是那种没良心的人，你以为个个像你妈一样，你都得了癌，她还好意思问你要钱。钱小红脸一沉，我没妈，那不是我妈。

钱小红得了癌，马钱见到钱小红都是缩手缩脚的。以前，马钱老是喜欢缠着钱小红。马钱初中毕业出来上班，娶了钱小红，马钱心满意足。钱小红书比他读得多，人长得比他漂亮，性格也好。和钱小红结婚那会儿，同事个个都羡慕他，说他讨了个好老婆。那会儿，他也是这么觉得的。即使儿子读大学了，钱小红的身材还是没怎么走形，该凸的凸，该凹的凹。钱小红胸前的那两个宝贝，给了马钱多少欢乐，马钱想都想不过来。现在，那两个宝贝成了累赘，一想到里面癌细胞正在分裂、扩散，马钱就觉得心慌。钱小红经常捏她那两只乳房，一边捏，一边皱着眉头。她说，马钱，你摸摸，这里是不是变硬了？马钱伸手捏一下说，差不多吧，没什么变化。但那里确实是变硬了，而且乳房上的皮肤慢慢变厚、变硬，毛孔扩大，像一张橘子皮，两边的乳房看起来也不对称了。马钱不太愿意去摸钱小红的乳房，他觉得恐惧。

钱小红得癌之前，马钱和钱小红的性生活堪称完美，马钱迷恋钱小红的身体。自从知道钱小红得了癌，马钱就很少碰钱小红了，即使碰也是钱小红要求的。从医院出来一个多月，马钱没碰钱小红一次，他有欲望，但他宁可自己解决。有天，在床上，钱小红说，马钱，你有两个月没碰我了吧？马钱说，有吗？钱小红说，有，我记得的，以前你一个礼拜都忍不住。说完，钱小红把马钱的脸扳过来说，你是不是嫌弃我了？马钱说，没有，哪里有的事，都老夫老妻了，还说这个。钱小红说，那你干吗不跟我做爱了？马钱说，你不是病了吗？钱小红笑了起来，我得的是乳腺癌，别的地方又没有坏，你怕什么？马钱说，你都病了，我哪里还好意思。钱小红说，以前我来月经你都好意思，这会儿不好意思了？你要是真爱我，你就跟我做。马钱说，不要了，不要了，你不要乱来。钱小红不管不顾地脱马钱的衣服，亲马钱的身体。进入钱小红的身体时，马钱抖了一下，他感觉不到兴奋，相反，他身上的肌肉紧张，动作也是僵硬的。钱小红搂着马钱的头，往她的胸前压下去，马钱亲了亲钱小红的乳房。钱小红又把马钱的手拉到她的胸前，马钱握住了钱小红的乳房，像握着一个易碎的瓷器，几乎不敢动作。过了几分钟，马钱如释重负地从钱小红身上下来。钱小红翻了个身。等钱小红睡着了，马钱偷偷起了床。在水龙头下，他一次次地冲洗自己的身体，像要把皮洗脱一样。

钱小红不去医院，药还是得吃。每个礼拜，钱小红都要去医院开药，医生见到钱小红就摇头，钱比命还贵？命都没得了，要钱有什么用。钱小红笑笑说，我晓得命比钱贵，你当医生的，你也晓得，得了我这个病，不是钱的问题。诊一下，就说让活人安心，人总还是要死的。我也不怕死，不浪费这个钱。每天，钱小红要吃一大把红红绿绿的药，吃药前，钱小红一颗一颗地数，不多吃一颗，也不少吃一颗。说真不怕死，那也是假的，没人在身边，钱小红也哭，越哭越觉得自己命苦。她才四十出头，本来以为还有大把日子好过，没想到这么快就到头了。钱小红放不下儿子，她想看着儿子出来上班，找个好工作，找个好姑娘结婚，生个孩子，那样，就算她死了，也没什么遗憾的了。现在看来，她是等不到那天了。至于马钱，钱小红也觉得对不住他，得了这个病，不花钱也花了不少。儿子上大学，以前的那点积蓄花得差不多了，以后要花钱的地方还多着呢。还有就是马钱四十多岁了，中年丧妻，也不晓得将来能不能找个人，就这么半路上把马钱抛下，钱小红放不下心。两人在一起快二十年了，虽说没经过什么大风大浪，到底还是熬成亲人了。钱小红让马钱等她死了去找个人，也不是心里话，想到自己男人真要去找个人，到底还是不舒服。

厂里离家里近，走路的话，也就是二十分钟。每天中午，钱小红都回家吃饭，说是吃饭，其实只是随便对付一下。马钱上班一上就是一天，早上出去，下午才回来。要是家里没有剩饭剩菜，钱小红就在下班路上买两个馒头或者两个包子，回家就点开水吃了就算了。晚上下班，钱小红会买两个菜，她不吃，马钱也要吃。刘彩娥有天中午到钱小红家里，钱小红正在啃馒头。刘彩娥瞪了钱小红一眼说，你就吃馒头？钱小红一边喝水一边说，嗯，懒得做饭。刘彩娥说，你怕是舍不得钱吧？钱小红啃了一口馒头说，一个人吃饭，搞东西麻烦。刘彩娥把钱小红的馒头抢过来，扔在地上，你说你是不是命贱？你都是要死的人了，你省着干吗？留给马钱养后老婆？你不晓得给自己煨个汤，你吃好点，活长点不好？钱小红不紧不慢地捡起馒头，用袖口擦了擦说，我舍不得是我的事，你管不到，我每个月又不是没给你钱。刘彩娥突然擦了把眼泪说，你到底还是我女儿，别个不心疼你，我心疼你。听到刘彩娥的话，钱小红笑起来，你心疼我？太阳从西边出来了，你是怕我死得早，没人给你养老吧？那我跟你说明白了，我问了医生，得了我这个病，又是晚期，跑是跑不脱了，要是命好，还能撑两年，命不好，过不了几个月就死了。刘彩娥哭起来，我也不晓得你是怎么回事，别个个个怕死怕得很，就你不怕死。你屋里马钱也不是个东西，看你这个样子，还让你上班！钱小红吃完了馒头，喝了口水说，那是我要上班，不关马钱的事，你莫赖他。说完，看着刘彩娥说，你有事没事？没事你回去，我要睡觉了。刘彩娥站起来说，我不管你的事了，我不管了，你死了后悔也来不及。

马钱回了家，钱小红问马钱，马钱，要是我死了，你怎么办？马钱愣了一下说，我能怎么办？我听天由命。钱小红说，你会不会再找个女人？马钱生气了，你说这个干吗？钱小红叹了口气说，其实我也想明白了，我死了你才四十几岁，你肯定还是要找女人的。马钱摸了一下钱小红的额头说，你不是发烧了吧？钱小红摇了摇头，我得的是乳腺癌，又不是头发昏，我清楚得很。说完，看着马钱说，我死了我管不到，我还活着，你要对得起我，你晓得吧？不能让人看我笑话。几个月你没近我身了，你心里想什么我晓得，我不怪你。换了是我，我也有心理障碍。马钱没说话，低下头去摆弄电视，从一个台换到另一个台。钱小红拍了一下马钱的手说，好了，算我没说，吃饭吧。

日子一天一天过去了，钱小红到底还是扛不住了。她对马钱说，马钱，我疼得厉害，怕是不行了。马钱说，我们去医院吧。钱小红说，要去医院早去，现在去干吗？马钱说，再不去不行了，屋里没人照顾你，去了医院，起码还有人照顾你，能吃药吃药，能打针打针，人没那么吃亏。钱小红想了想说，那就去吧，要死死在医院里，死在屋里你以后接不了新人。马钱瞪了钱小红一眼说，都什么时候了，你还说这话。

一进医院，钱小红彻底垮了。病房里的病友得的都是癌症，都是晚期，一个个化疗得头发都快掉光了。

明知道没作用，钱小红还是做了化疗，不做还好，一做化疗钱小红感觉命都快没了。马钱还在上班，刘彩娥到医院照顾钱小红，扶着钱小红上厕所，给钱小红打饭。病房里很少有人说话，一个个低头看报纸，要不就看着窗子外面的天空。病房里的人走一个，又来一个。有护士进来收床铺，钱小红就知道，又有一个人死了。钱小红觉得，这个病房就像临时的停尸场，进来的都得去太平间，只是时间问题，说不定哪天就轮到自己了。钱小红对刘彩娥说，妈，我死了就没人给你钱了，你去找水红，水红欠我的，让她还给你。刘彩娥说，到什么时候了，你还说这个话，你是存心让我心里不安宁。钱小红说，我走了倒是一了百了，把你们都拖累了。刘彩娥说，莫说了莫说了，你说得我要哭。

在医院住了一个月，钱小红觉得身体里有个什么东西左奔右突，让她睡也睡不安宁。她想，她可能是真的快要死了。吃过午饭，刘彩娥回去了，钱小红对护士说，护士，我要回去一下。护士说，你病得这么厉害，哪里能回去，要什么东西让你屋里人送过来。钱小红说，他们都有事、都忙。我住得近，坐个车几分钟就回去了。护士说，你这个事我做不了主，你找医生。钱小红说，那你帮我叫一下医生。等医生过来，钱小红跟医生说了几句，医生想了想说，你要回去也行，早去早回，晚点还要打针。钱小红说好。

从医院出来，街上到处都是人。路边的树木郁郁葱葱，生机勃勃。钱小红身体里没有力气，走路像在飘一样。她穿的是进医院时的衣服，现在显得有些宽大了。从医院到家里，走路要不了半个小时。钱小红没有坐车，她想走走。半个小时的路程，钱小红走了差不多一个小时，走走停停。走到门口，钱小红又坐了一下，然后才站起来开门。

门开了，屋里和往常一样，只是脏一些，乱一些。钱小红想，她要是真死了，家里还不知道乱成什么样子。三点多钟，马钱应该还在上班。在客厅沙发上坐了一会，钱小红想去卧室收拾几件衣服，她的日子不多了，要把衣服先找好，马钱一个大男人，粗心，他不晓得她想要哪些。想到这，钱小红的眼泪哗哗地流下来。直到天色暗下来，房间里什么都看不到了。该走了。钱小红想睡了，她想睡在这片黑暗中，不再醒来。

刺　虎

海城最出名的活物，不是市长，也不是书记。认得他们的人多是系统的，走到街上，平头百姓认得的少。要是说起公园里的那头老虎，那就不一样了，海城没几个人不认得。每个家庭，难免会有小孩。即使现在没有，以前也该有过。有了小孩，和遛狗一样，你得带他们出来转转。海城不算小，城区不大，市中心寸土寸金，拿来建公园，想起来都觉得奢侈。城区的公园占地面积颇大，一个人在里面绕圈子，怕是得整个上午。公园建了有三四十年了，那会儿房地产开发还是没影的事儿。占那么大片地，市民没意见。等房地产火了，开发商想打公园的主意，又不敢。你这不是建房子，你是断了全市人民的乐子。眼看街道越来越挤，城区就剩下这么块儿开阔地，一到周末，公园草地上到处是花花绿绿的野餐垫，其乐融融的样子。

公园大，除开花草树木、游乐场，还有个不小的动物园。到底还是小城市，动物园有了，稀奇的动物没几样。多的是爬行动物，蛇啊，龟啊，当然还有兔子、狗什么的。沿海城市，不养几个海洋动物似乎说不过去，有个海洋馆。鲨鱼养在玻璃缸里，长度嘛，不骗你，有三十多厘米呢。有两年，海洋馆里来了一对海狮，顶球，跳圈圈。那个热闹，一到海狮表演时间，人山人海的，大人小孩兴奋得尖叫连连。热闹不长，海狮没了，水池的水干了，落了一池的叶子。海狮表演场边上，有个二十来方的水池，先后养过海龟、中华鲟、鳄鱼。都昙花一现，也许死了，也许是卖了。动物园还展出过“世界上最大的老鼠”，门票三块钱。进去一看，果然肥肥胖胖的，大约有五六斤，看起来挺吓人。后来，有见多识广的人说，这他妈哪里是老鼠，明明是竹鼠好不好。公园大概自知理亏，很快停了这个项目。竹鼠也不见了，估计是卖到酒楼去了。动物园里全是小打小闹的东西，大象、狮子、长颈鹿一概没有。百鸟园倒是值得一去，起码还养了几十只各色的孔雀，还有一群金刚鹦鹉，至于小鸟，密集如麻雀。带孩子逛公园不要钱，动物园单独售票。去到公园，不去动物园，孩子不乐意，他们要看老虎。老虎只有一头，离动物园进门处不远，拐个弯就能看到。站在动物园门口，老虎毛都见不到一根，这设计也是缺了大德。就为看一眼老虎，爷娘老子得掏十块钱。平日里，老虎多是懒洋洋地趴着，一动不动，像个标本。偶尔起来走走，也是一副心不在焉的样子。要是运气好，碰到老虎发脾气，跳起来，吼起来，声音也蛮吓人，让人不敢靠近。再怂的老虎毕竟还是老虎，杀气不减。动物园靠这头老虎赚了多少钱，且不理它，名气是出去了。老虎在动物园门口守了十几年，被一批又一批的小学生写进作文里，成了海城人民共同的记忆，自然也成了海城最出名的活物。

张大力小时候看的是这头老虎，先后把它写进《记一次有意义的春游》《我最喜欢的公园》《小老虎和它的妈妈》等文章。那会儿，他的理想是成为驯兽师，不光驯老虎，还要驯狮子和大象。理想破灭得很快，初中阶段他的理想改成了工程师。再后来，他的理想先后是考大学，考公务员。时至今日，他不爱谈理想，这他妈操蛋的玩意儿，有什么好谈的，还不如好好上个班，做个饭。他结婚了，生了个儿子，取名张爱球。为了这名字，胡丽芬和他吵了一架，说取什么名字不好，取个爱球，以后他还不得被同学笑死。胡丽芬是东北人，牛高马大，浑身上下都是腱子肉。张大力摸着胡丽芬的乳房像是捏自己大腿，结实倒是结实，也够大，但他妈不应该是软软乎乎、细细嫩嫩的吗？和胡丽芬谈恋爱那会儿，亲嘴、上床都是胡丽芬主动，他像个处男，不懂事的样子。等结了婚，家里事情里里外外都是胡丽芬做主，他倒是省心了，家务活儿却免不了，带孩子做饭，一样不落。闲来没事，他看球，篮球、足球、羽毛球，只要是带球的，没他不看的。他看球，不打球。胡丽芬嘲笑他，你这是太监爱好，光说不练有个屁用？张大力懒得争，他说，你整天想着挣钱，也没见你挣钱回来。胡丽芬说，你懂个屁，就没见过你这样不上进的怂货。等生了张爱球，胡丽芬想给他取名张耀威，说这名字霸气，一看就是能成大事的。张大力不同意，他说，儿子随我姓，名字得我取。胡丽芬说，他还是我生的呢。张大力说，那我不管，反正名字得我取。张大力想好了名字，告诉胡丽芬。胡丽芬指着张大力鼻子骂，我就知道你取不出什么好名字，爱球，还爱个鸡巴呢！张大力说，你不懂，鲁冠球不也带了个球字，按你这解释，他是鸡巴之王的意思？胡丽芬气笑了说，你强词夺理。张大力说，别的事依你，名字必须听我的。张爱球出生，到拿出生证，其间大半个月。为了名字，张大力和胡丽芬吵了几次架。换在别的事情，张大力早妥协了，省得麻烦。这次，张大力不退不让，胡丽芬见张大力丝毫没有妥协的意思，大概想到平时欺负张大力欺负得过份了，有些于心不忍，松了口勉强说，好吧好吧，依你，爱球就爱球，以后他要是问起来，就说这名字是你取的，别往我身上赖。张大力说，行，我负责。

等张爱球大点，张大力带他去公园。公园还是那个公园，动物园也还是那个动物园。不同的是，公园里的树木更茂盛了，长得更高了，动物园里的动物换了不知道几拨。张爱球刚会走那会儿，还不知道要去动物园，张大力和胡丽芬推着他在公园散步。湖里的荷花开了一次，又谢了一次，张爱球大了一岁。张大力在单位还是个普通科员，和结婚前一模一样。用胡丽芬的话说，婚都结了，孩子都会走了，你还在原地踏步，一点进步都没有。张大力说，我是没有进步，也没觉得有什么不好，你要是后悔，还来得及。胡丽芬说，我当初瞎了眼，怎么会看上你。张大力不紧不慢地说，好像不是我求你的。胡丽芬看上他，原因不说，张大力清楚。他是本地人，家里有房有铺面，工作单位想进还不容易，旱涝保收，收得还不错。至于胡丽芬，高中毕业从东北一个凋落的工业城市来到南方，孤身一人，吃了不少苦头。她长得一般，家庭条件一般，自身素质也一般。总之，方方面面都一般，能找到张大力算是不错了。和胡丽芬结婚前，张大力问过胡丽芬家里的情况，胡丽芬支支吾吾的。张大力没往心里去，那时候他想得简单，又不是和她家人结婚，管他呢。再说了，隔了几千公里，有什么事儿也顾不上。领了结婚证，张大力随胡丽芬回东北。娶了人家女儿，不去看一眼，道理上说不过去。临行之前，胡丽芬第一次表现得怯生生的，她对张大力说，东北和南方不一样，习惯和气候都不同，怕你不适应。张大力说，又不是常住，没事。尽管胡丽芬给他打了底，张大力还是没想到会那么糟糕。整个城市像是浸在废气中，天空乌蒙蒙的，高大的烟囱一刻不停地冒着黑烟，街道上到处都是煤灰。低矮的平房一排一排地摆过去，单调乏味。去到胡丽芬家里，张大力顿感自己胖了，房间太窄，转身都困难。吃饭时，岳父在客厅支了张小桌子，小桌子上摆了六个菜，饭碗都没地方放。坐的小板凳只有两个巴掌大，又矮又小，蜷曲的大腿压迫着肚子，吃饭得梗着脖子，鸭子似的。岳父给他倒了酒，喝了两杯，絮絮叨叨地讲城市光荣史。讲完又骂道，现在的领导太傻逼了，好好一个城市，硬生生被他们搞坏了。以前我们这儿是全国著名的钢铁城市，现在倒好，满大街下岗工人。岳父和岳母是其中两个。在东北的那几天是胡丽芬对张大力最好的几天，她乖，听话。

回到海城，摆完喜酒，生完孩子，胡丽芬牛逼起来，完全不把张大力看在眼里。带张爱球逛公园，胡丽芬找到机会就损张大力两句。张大力无所谓，当没听到，他眼里只有张爱球。张爱球第一次去动物园是张大力带他去的，他逗张爱球说，儿子，我们去看大老虎好不好？张爱球说，大老虎。张大力说，公园里面的大老虎，很可爱哦。张爱球说，我要看老虎。张大力抱着张爱球去买票，胡丽芬讽刺到，没本事赚钱，花钱倒是挺有办法的。张大力说，儿子看看老虎怎么了？这么大的孩子，没看过老虎的，全海城就剩下张爱球了吧？胡丽芬没吭声。结婚几年，胡丽芬烦人归烦人，却省，日子过得近乎抠门儿。在张大力看来，没什么必要，他们家不穷，不是花不起这几个钱。胡丽芬是穷怕了。站在售票窗口，张大力说，两张。胡丽芬说，你带爱球去吧，我不去了，走累了，我在外面等你们。售票员问，到底一张还是两张。胡丽芬说，一张。说完，从钱包里掏出十块钱。

站在笼子边上，老虎趴在远处角落睡觉，张大力突然觉得索然无味。他小时候看的是这头老虎，现在，他带着儿子还是来看这头老虎。老虎老了，他也结婚生子。老虎十几年生活在几十个平方，他呢，似乎也差不多。儿子指着笼中虎说，老虎，老虎。张大力凑合着说，大老虎，喜不喜欢大老虎？儿子拍着手，想喊老虎起来，老虎还是趴着一动不动。看了一会儿，张大力对儿子说，我们去看孔雀吧？花孔雀。逛了百鸟园，又逛了海洋馆，儿子累了。张大力抱着儿子，从里面出来。走到笼子边上，张大力看到老虎起来了，正在笼子里踱步，它的样子看起来很不耐烦。张大力走到动物园门口，背后传来老虎低沉压抑的吼叫，张大力一愣，它叫了。出了动物园，张大力对胡丽芬说，你听到老虎叫了没？胡丽芬说，叫了？张大力说，叫了，我刚才听见了。胡丽芬看了下手机说，我没听到。

看过老虎，再来，不用张大力提醒，张爱球指着动物园门口，老虎，我要看老虎。胡丽芬心疼钱，对儿子说，上次刚看过，今天不看了，我们去别的地方玩儿。张爱球哭，闹。胡丽芬没办法，还得去买票。每次回来，胡丽芬都会怪张大力，现在好了，说是逛公园，每次来都是看老虎。这个破老虎有什么看的，还十块钱。话是这么说，隔几个礼拜，还得来。海城就这么块儿宝贝地方，去别的地方更费钱。几年下来，看老虎的费用从十块到二十块，门票没涨，张爱球长高了，要买票了。这成了胡丽芬一块心病，不去公园吧，没什么地方可去。去吧，白白花二十块钱。道理她明白，去别的地方更花钱，可每次花二十块钱看老虎，她觉得亏了，这他妈算什么事儿。她对老虎深恶痛绝，好像老虎抢了她的钱。张大力无所谓，去哪儿都是花钱，相比较逛商场，他更愿意看老虎。陪儿子看完老虎，儿子会陪他喂孔雀。两个人买两包鸟粮，一人一包，各喂各的。动物园人少，百鸟园更少，他们父子俩一高一低，十几只孔雀围着他们，没胡丽芬在身边唠叨，舒服得很。张大力还能抽根烟，发会儿呆。孔雀，美丽的孔雀，有的孔雀站在树梢上，拖着长长的尾巴。

和在家里一样，张大力在单位也是闷声不响，他不爱说话，不擅交际，吹拍逢迎更是一窍不通。好在他是本地人，虽说海城外来人口多，本地人在社会上还是占了上风。单位里外地人和本地人斗得厉害，张大力两边不靠，升迁自然无望，倒也落了个自在。大家都把张大力看成没有威胁的人，说什么话，做什么事，也不避着他。办公室是开放型的办公室，分成一个个小格子，每个人埋头在自己的格子间里，做了什么没人知道。张大力工作清闲，一个月的工作，认真做的话，一个礼拜做完绰绰有余。时间多，也不好拿着书看，玩游戏又太显眼，张大力刷新闻，看小说，这个没人管。几大门户网站，各个版块张大力烂熟于心，他想，如果他去做互联网内容设计应该问题不大，他在上面花的时间太多了，各种风格都研究透了。办公室平时寂静无声，偶尔有人来，稍稍有点响动。等人走了，又是一片寂静。同事们坐在办公桌后面想什么，张大力不知道，他也懒得知道，这和他没什么关系。

那天，张大力正埋头看新闻，他看的是网易，主要看评论。网易评论是张大力最喜欢的内容，都他妈人才啊。他看得正来劲，突然听到同事叫了声，我操！张大力吓了一跳，从电脑前抬起头来。只见一个同事拿着手机说，我操，太猛了。张大力皱了一下眉。另外一个同事说，什么事情？大惊小怪的。同事说，我发给你，我操，太猛了。过了一分钟，另一人也叫了起来，我操，不会吧，真的假的？张大力忍不住问了句，什么大新闻？这么激动。同事说，有人把老虎杀了。张大力说，你说的是武松吧。同事说，鬼扯，武松个毛线，动物园的那头老虎被人杀了，就公园那头。张大力说，不会吧。同事说，什么不会，我发给你，有图有真相。张大力拿起手机，同事发了一个链接给他，点开一看，果然是那头老虎，他太熟悉了。不说化成灰都认识，换几个角度肯定不会认错。图片上老虎躺在笼子里，龇着牙，满地的血，死不瞑目的样子。新闻说，老虎应该是昨天晚上被杀死的，行凶者用的是弩。张大力想了想老虎被杀死的场景，它中箭，在笼子里跳跃、吼叫，但是没有用，又一支箭射到它身上。它终于没有了力气，血流干了，它死了。它可能没想到它会是这个死法，张大力也没有想到。他以为它会在哪一天中午，晒着太阳，慢慢闭上眼睛，再也睁不开，死得安详而有尊严，像一头老虎。它是百兽之王啊，怎么能死得这么窝囊。

回到家，张大力对胡丽芬说，你听说了没？胡丽芬问，听说什么了？张大力说，老虎被人杀了。胡丽芬说，听说了，朋友圈都快刷疯了，满屏满屏的全是老虎。张大力说，你说谁这么神经病，老虎好好的，又没招惹谁。胡丽芬说，我看死了好。张大力说，你还真是没心没肺，毕竟是条命。要是换成人类的年龄，怕是七八十了吧，还没落个善终。胡丽芬不屑地说，我看它是享福享够了，一辈子啥事儿没干，有吃有喝的，还有人伺候着。我要是有那个命，死了也情愿。张大力说，你去坐个牢，吃喝国家养着。胡丽芬说，狗屁，那能一样吗。张大力说，这老虎可不就坐了一辈子牢。胡丽芬说，我懒得和你扯，做饭去。张大力提着菜去厨房，他多炒了两个菜，烧了他喜欢的啤酒鸭。菜上桌，张大力倒了杯酒，白的，二三两的样子。胡丽芬一边夹菜一边说，今天不喝啤酒了？张大力说，想喝点白的。喝完一杯，张大力又倒了一杯。胡丽芬说，今天兴致很高啊，别喝多了。张大力说，没事，不到半斤。吃完饭，张大力往沙发上一躺，打开电视，看海城新闻。和他预料的一样，海城新闻播放了老虎被杀的消息，时长接近一分钟，欢迎广大市民提供线索，争取早日破案。张大力又看到了老虎，它被抬走了。临到睡前，张大力对胡丽芬说，你说，什么样的人会去杀老虎？胡丽芬说，你神经病啊，没完没了的，又不是杀了你爹。张大力说，你就一点都不好奇？胡丽芬说，不好奇，杀了就杀了嘛，又不是杀了人。张大力说，杀虎的人要是被抓住了会不会判刑？胡丽芬说，那肯定的，老虎是保护动物，估计还判得不轻。张大力说，好好一头老虎，就这么死了。

刺虎案牵动了海城市民的心，这是一头有故事，有记忆的老虎，它可是海城的大明星。海城两百多万人，有几个人不知道这头老虎？怕是寥寥无几。办公室里同事的话多了起来，谈的全都是老虎，猜测作案者的动机。杀人，要有个理由。杀虎，总不能是无缘无故的吧。至于作案，大家一致认为不难，公园管理松弛，不说晚上，白天也没几个人。进动物园容易，搞掉监控同样没什么难度。老虎关在笼子里，杀死它从理论上讲，难度不大。张大力想，老虎中箭后肯定会叫，他听过老虎吼叫，杀气腾腾。如果它往笼子上扑，那还是蛮吓人的，一般人得吓得腿软。老虎挨了四箭，两箭在脖子上，另外两箭在前胸，都是要命的位置。由此可见，行凶者非常镇定，每一箭都不是乱发。这些张大力其实不太关心，他想知道行凶者为什么要杀虎？如果是冲着虎骨、虎肉、虎皮去的，杀虎之后，应该把它运走才对，要做到这点不难。他没有。在刺虎案上，公安机关和市民关注点略有不同，公安机关关心的是破案，市民关心的是他为什么要杀虎，动机是什么。老虎在笼子里待了十几年，它能干什么坏事，能得罪什么人？真是让人想不通。同事说，这他妈肯定是个变态。

到了周末，张大力对胡丽芬说，我们去逛公园吧。胡丽芬说，上个礼拜刚去过，去别的地方吧。张大力说，还是去公园吧，我想去看看。胡丽芬想了想说，也行。进了公园，走了几百米，到了动物园门口。张爱球说，爸爸，我要看老虎。胡丽芬笑了起来说，老虎死了，没得看了。张爱球说，我不信，你骗我。胡丽芬说，真死了，有人把老虎杀了，不信你问你爸。张爱球望着张大力，张大力说，你妈说得对，老虎被人杀了。张爱球还是不相信的样子，胡丽芬指着售票窗口说，不信你去问售票员。张爱球信了，他不高兴。张大力停住脚步，对胡丽芬说，你带儿子玩吧，我想去动物园逛逛。胡丽芬说，有毛病。张大力说，就当我有吧。张大力买了票，进了动物园，他走到笼子边上，笼子空了，地上还有淡淡的紫黑色血迹。他仔细看了看四周，笼子上还有擦痕和血斑。张大力脑子里闪出一个画面，老虎中箭后，在笼子里绝望地跳跃、吼叫。它可是到了人类七八十岁的年纪，却只能活生生被人杀死。张大力在老虎笼子边上抽了根烟。抽完，他又从烟盒里拿出三根烟，点燃，摆在笼子边上的石头上。他又去了百鸟园，买了两包鸟粮，十几只孔雀围着他，啄食地上的鸟粮。旁边大约十几米，一只孔雀正在开屏，发出“咯咯咯”的叫声，慢慢挪动着身体，看起来有些费力，又得意。撒完鸟粮，张大力出了动物园，那些狗屎海洋动物他一点兴趣都没有，还他妈没有酒店的大呢。在动物园门口坐了一会儿，胡丽芬带着张爱球回来了。胡丽芬揶揄道，心里踏实了？张大力说，踏实了。胡丽芬说，有毛病。张大力说，谁还能没点毛病？

到底是谁杀了老虎，这个问题在张大力脑子里盘旋了大半个月。他想象了很多种可能，甚至想象过行凶者的样子。牛高马大，满脸的络腮胡子，目露凶光，像电影里的屠夫。答案揭晓那天，张大力有些失望，他没想到是这样的。还是在朋友圈，他看到了一条信息——“震惊，杀虎者原来是他！”大半个月来，刺虎话题在本地媒体圈持续发酵，还有不少人写了分析文章，从公园的管理谈到动物权益，从刺虎者心态谈到生命权。张大力看得有些烦，这些狗屎文章到底有什么意义？他只需要一个答案，凶手到底是谁，为什么要杀了老虎？他看着手机上那张照片，怀疑公安机关是不是搞错了。那是一个面色苍白的中年人，大约四十五六岁，头发稀稀落落地顶在头上，低眉顺眼，一副懦弱无能的样子。张大力不相信他能杀了老虎。视频里有对凶手家人、同事的采访。记者问凶手的妻子，你知道你丈夫为什么要杀老虎吗？女人一脸茫然地说，我怎么知道，我要是知道能让他去？记者问，他在生活中有没有暴力倾向？女人回答，没有，他平时连杀鸡都不敢，看电影看到杀人吓得捂眼睛。记者说，他杀了老虎，这种事情一般人做不出来。女人说，我不相信，我不相信他敢杀老虎。记者又问，你们经常去动物园吗？女人说，孩子小的时候经常去，你知道，小孩子都喜欢看老虎。自从孩子上了初中，我们好像没去过动物园。记者说，你们以前去动物园，你丈夫有没有什么反常行为？女人努力地想了想说，这么多年了，记得不是太清楚，也没什么反常。看老虎就看老虎，趴在笼子外面看，还能怎么样？不光是凶手妻子，他的同事也纷纷证实，凶手平时为人非常和气，胆小怕事，从来不和人争吵。说他杀了老虎，实在让人难以置信。有人甚至反问记者，会不会是公安局搞错了？张大力看了凶手的资料，机关职员，副科级，无犯罪前科，无不良记录，这种人大街上一抓一把，一点也不显山露水。

张大力的好奇心被勾了起来，他想知道他为什么要杀死老虎。他想方设法找到了给凶手做讯问笔录的警察，约了一起喝酒。酒喝到好处，张大力借机说起了刺虎案。他说，案子是破了，感觉还是古怪得很。警察问，哪儿古怪了？张大力说，刺虎总得有个原因吧？无缘无故的，有点说不过去。警察笑了起来说，要说这个，确实有点古怪。不过有一点可以肯定，案子绝对是他做的。他从哪里买的弩，什么时候作案，怎么处理作案工具，整个证据链非常清晰，不可能冤了他。张大力说，案子是他做的，这个我信，但是为什么？你做讯问笔录没问这个问题？警察说，怎么可能没问。张大力说，他怎么说？警察说，他说，没什么原因，就是想把它杀了。张大力说，就这样？警察说，就这样，怎么问，都是这句话。张大力说，那你们没深入追查？警察说，我们要做的是把行为证据查实，至于动机这种说不清白的东西不是重点，它主要在侦破过程中起作用。分析作案动机，有利于破案，不是说破了案子，再去查证作案动机。张大力说，我觉得事情没那么单纯。警察说，我也想过。案子破了之后，我看了一些其他资料，还有媒体报道。我猜测，这人是个极度自卑的人，但他心里可能有强烈的破坏欲、表现欲，他一直处于压抑的状态。他做这件事，也许是想引起关注，以此证明他不是别人以为的那么没用。张大力问，你没问他？警察说，问了，他不承认。再说了，这是心理分析，和案子没有太大关系。

开庭审理那天，张大力找了法院的朋友，又找了媒体的朋友，他戴着媒体的工作证混进了庭审现场。对张大力的好奇，胡丽芬嗤之以鼻。她说，有人杀了你爹，你怕是也不会这么上心。张大力说，你懂个屁。胡丽芬说，我不懂，你最懂个屁了。凶手带上法庭时，张大力盯着凶手死死地看。和照片上一样，他瘦，弱不禁风的样子，身高不过一米七。如果不是在法庭上，而是在酒桌上，凶手告诉他，他杀了一头老虎，他肯定以为他在吹牛逼，这么个怂货，怎么可能杀死一头老虎。案情陈述和媒体报道大同小异。某天夜晚，凶手带着弩进了公园。在此之前，他多次踩点，将公园的监控位置摸得一清二楚。来到老虎笼边，他坐下来抽了两根烟。射第一箭时，他有点害怕，老虎叫声很大，他怕被人发现了。射出第二箭，老虎的吼声低了下来，一阵阵地喘气。他说，其实他想多了，即使老虎叫声再大，也不会有人来。深夜的公园，鬼影子都见不到一个，老虎叫得这么凶，谁还敢来。射完四箭，他站在笼子外面看着老虎流血、抽搐，直到确认老虎死了，他才离开。法官问，你为什么要杀老虎？张大力望着凶手，他看到一道柔和的光从凶手眼里飘过，他原本弯着的腰挺了起来。他说，没什么原因。法官又问，那你怎么想的？张大力以为凶手还是不会说什么。没想到凶手望着法官，缓缓吐出几个字，它老了，很可怜。媒体席一阵躁动。法官问，怎么讲？凶手说，一头老虎，关在笼子里十几年，死也要死在笼子里，太可怜了。法官问，就因为这个，你要杀了它？凶手说，我不是杀了它，我是解救了它，它获得了自由。凶手被带下法庭时，张大力注视着他的眼睛，他没有看到恐惧，没有看到悲伤，也没有喜悦和幸福。他如此平静，像一潭深不见底的水。

和破案前的热闹相比，真相让海城人民失望，这算什么事嘛，一点都不刺激。他们想象了几百种可能，独独没想到这个，实在太无聊了。为了安抚海城人民受伤的心灵，公园又买了两只老虎。据新闻报道，这两只老虎是体型最大的东北虎，虽然目前还是儿童期，但它们终究会长大，长成世界上最大的老虎。再去公园，胡丽芬说，去动物园看看吧，虽然我是东北人，我还没见过东北虎呢，何况还是两只。张爱球想去。张大力说，我不去了，你带儿子去吧。胡丽芬说，你这人有毛病。以前一只破老虎，老得爬都爬不动了，你倒看得津津有味，这会儿有两只东北虎，你倒不去了。张大力说，老虎不就是那个样子，有什么好看的。胡丽芬说，你爱去不去。她带张爱球去买票，张大力坐在门口的榕树下点了根烟。

他想念被杀的那头老虎。有些事情，胡丽芬不知道，要是知道了，怕是会发疯。以前，张大力经常借口单位要值班，趁着月夜翻墙爬进动物园。他怀里揣了三斤牛肉。一斤牛肉几十块钱，胡丽芬舍不得买。张爱球要吃，也只买个半斤八两，凑着辣椒炒上一盘。张大力每次偷偷去动物园，一买三斤，够张爱球吃上几顿了。进了动物园，张大力坐在老虎笼子边上，将牛肉切成三块，一块一块扔进笼子里。老虎像猫一样踱过来，脚下悄无声息，它咬起一块肉，吞下。又咬起一块，吞下。老年的老虎，吃肉也力不从心了。它望着张大力，月光下，它眼里的光由明亮转为暗淡。张大力永远记得老虎眼里的光，黄绿色，非常迷人。老瘦的老虎趴在笼子边上，像一只温顺的大猫。有好几次，恍惚间，张大力觉得他其实就是笼中的那只老虎。

清澈之旅

林珊妮上午十二点三十五分准时到达广州白云机场，飞机没有晚点。她出门不多，朋友圈的达人总是在发布飞机晚点的消息，这让她产生了一种错觉，飞机不晚点是不正常的。从南京飞往广州，全程两小时十五分。经济舱座位狭窄，林珊妮挤在中间，旁边坐着一位体型肥硕的黑人，身上散发出浓烈的古龙水味。发飞机餐时，林珊妮摆了摆手，她吃不下，要了一瓶矿泉水。一路上，林珊妮都在看杂志，试图把注意力从古龙水上转移开来，她发现她做不到。再精美的图片，也无法吸引她的注意力。飞机刚刚停稳，林珊妮迫不及待地站了起来，她是一分钟也坐不下去了。

从飞机上下来，转机场巴士，等她站在到达厅已经过了凌晨一点。她找了家牛肉面馆，吃完面，才感觉真正活了过来。白云机场巨大、复杂，现代的钢构建筑显示出科技的力量，它强大、有力，俯视着穿梭其中的人们。有那么一会，林珊妮有点恍惚。望着脚步匆匆的旅客，她想肯定有人和她一样，从这里去另一个地方，奔赴未知的约会，或者说聚会。聚会也许更合适一点，约会是两个人的事情。他们一共有六个人。林珊妮一个人拖着行李箱，从古城南京来到广州，仅仅为了一次聚会。她不喜欢飞机，不喜欢高铁。在南京，她多半是坐地铁，广州地铁她是见识过的，也不喜欢。出发前，邵安宁打电话给她，问她要不要在机场碰头。她想了下说，不用了，各走各的吧。邵安宁说，好吧，你注意安全。知道你不经常出门，有点不放心。

和赵毅阁说起她要去广州，赵毅阁问，去多久？林珊妮漫不经心地说，三五天吧，也说不准。赵毅阁低头吃早餐，没有再问。这符合赵毅阁的习惯，他不喜欢刨根问底。赵毅阁是典型的南京人，喜欢热闹，和哥几个喝点酒吹牛逼能吹到第二天早上。林珊妮去南京前，问过赵毅阁，如果我去南京，你会娶我吗？赵毅阁说，你来不来南京我都娶你。说这话的赵毅阁二十二岁，在武汉读大学，和林珊妮同校不同系，比林珊妮高一级，在管理学院。他们的恋爱是校园黄昏恋，临近毕业，两人才真正好上。毕业前几个月，他们手拉手去操场散步，去东湖划船，在学校旁边简陋的出租屋里做爱。赵毅阁说，林珊妮是他第一个真正意义上的女朋友。他说这个，林珊妮信。第一次上床，赵毅阁笨拙、急切鲁莽，又有些小心翼翼。林珊妮帮助了他，他是她的第三个男人。事后，林珊妮以为赵毅阁会问她，至少会表现出些许失落。即使他是第一次和女人上床，他也应该知道，林珊妮早就不是处女了。赵毅阁没问，林珊妮反倒有些沉不住气了，她问，你没觉得有什么不对劲？赵毅阁说，很好啊。林珊妮说，还是告诉你好，你不是我第一个男人。赵毅阁居然笑了笑说，我知道啊。说完，又补了一句，以后不要再说这个了，我不想听。林珊妮说，不会再说了。

赵毅阁毕业后，林珊妮以为这段校园黄昏恋也该顺理成章地结束了。她和赵毅阁在一起，不为别的，她空虚。而赵毅阁一直对她不错，算是给他一个交代，说是补偿也未尝不可。林珊妮刚刚经历了一场撕心裂肺的恋爱，她子宫上的刮痕尚未痊愈。赵毅阁回南京后，几乎每天给林珊妮打电话，林珊妮接，不热情，也不冷淡。她想，这不过是过渡期。过了几个月，赵毅阁跑回学校找她，给她买了一台笔记本电脑、两套裙子和一个钱包。他说，珊妮，你的钱包太旧了。那些东西花光了赵毅阁三个月的存款。晚上一起吃饭，林珊妮问，赵毅阁，你真爱我吗？赵毅阁说，嗯。林珊妮说，你到底爱我什么？我有什么好？赵毅阁拿着筷子说，我也不知道，我愿意。林珊妮没什么好说的了。等林珊妮毕业了，两个人还是不咸不淡地处着。她想，随便嫁了算了，怎么过都是一生。她问了赵毅阁，赵毅阁的回答是坚定的。

婚后的日子，和想象的一样，不紧不慢，按部就班，赵毅阁对林珊妮依然很好，他宠着林珊妮。赵毅阁喜欢和哥们一起喝酒吹牛，但从不带朋友回家喝酒。林珊妮刚到南京那阵，陪赵毅阁出去过。去过几次后，她说，我不喜欢哥几个整天喝酒吹牛逼，乌烟瘴气的。等结婚了，林珊妮说，你出去喝酒我不管，你别把他们带到家里来。赵毅阁一直遵守约定，虽然是小事情，林珊妮能感觉到，赵毅阁是真对她好。

晚上，赵毅阁回来。吃过饭，两人坐在沙发上看电视，孩子在房间写作业。赵毅阁突然问，你去广州干吗？林珊妮说，同学聚会，十五年了。赵毅阁去年刚刚聚过，带了林珊妮一起回的学校。赵毅阁皱了下眉头说，同学聚会干吗要去广州？不是应该去武汉吗？林珊妮说，小范围的，没几个人。赵毅阁问，他去吗？他指的是邵安宁。林珊妮说，也去。邵安宁和林珊妮的关系赵毅阁知道，前男友。赵毅阁点了根烟，林珊妮站起来说，如果你介意，我就不去了。赵毅阁说，我只是问问，你自己决定。林珊妮望着赵毅阁说，如果我还是要去呢？赵毅阁说，去吧，省得你以后说我小气。赵毅阁说完，林珊妮坐了下来，一只手摸着赵毅阁的脸说，你知道吧，你这点让我讨厌又喜欢。

从广州白云机场到珠海坐大巴大约两个小时，林珊妮坐的是靠窗的位置。大巴很快离开机场上了高速，珠三角的景色和南京不一样，有大片的香蕉林，道路平坦，一览无余。相比较而言，林珊妮更喜欢南京的古城墙。在南京，林珊妮有空会坐坐公交，不为别的，只为看看古城墙。她在南京没有朋友，社交圈也窄。除开工作，她几乎不和人交往。对林珊妮，赵毅阁是放心的，她和任何一个贤惠的家庭主妇一样，做早餐、带孩子、看美剧，不读书，也不怎么上网。大巴进入珠海境内，林珊妮给邵安宁发了条短信，我快到了，你呢？很快，邵安宁回复，飞机晚点，估计只能赶上晚饭。林珊妮翻了翻朋友圈，他们建了微信群，六个人，有人已经到了。林珊妮发了条信息，我已进入珠海。

这次聚会不是邵安宁组织的，他在上海。六个人都是当年的密友，除开林珊妮和邵安宁谈过恋爱，另外四个人两男两女，关系清白。聚会的主意是小白提出来的，他说，他准备结婚了，结婚之后彻底改邪归正，做一个良民。小白是外号，他浑身上下都是白肉。大学期间，他谈过不少于十次恋爱，每次都是惊天动地。奇怪的是和小白谈过恋爱的姑娘，最后都成了他的好朋友，她们帮小白出主意追别的姑娘，给小白买早餐。到了下半月，姑娘们又成了小白他妈，她们花钱养着他。小白快四十了，同学们都以为小白不会结婚，万花丛中过，片叶不沾身，似乎是小白的风格。小白说，我要结婚了，哥几个一起聚一下。这个理由非常强大，何况，他们也好几年没聚了。邵安宁打电话给林珊妮，问她去不去。他们十周年聚会上见过，私下里，两个人也见过。小范围的聚会，如果邵安宁在，林珊妮是不去的，她听不得同学们的调笑，总觉得有些讽刺的味道。这次不同，只有他们几个。邵安宁说，没闲杂人等。想了想，林珊妮说，好的。

小白订好了酒店。他们在酒店附近的海鲜街吃饭，六个人到了五个。只有林珊妮和邵安宁在省外，其余几个在广州、深圳、东莞。见到林珊妮，小白问，你怎么没和安宁一起来？林珊妮笑了笑说，你又没帮我们约，凑不到一块。几年没见，也没什么距离感，平时他们在微信上聊得不少，偶尔也打打电话，彼此的动向都是清楚的。五个人坐下，小白说，我去买海鲜，你们先坐会。林珊妮说，我和你一起去吧。和小白出了房间，林珊妮问，真打算结婚了？小白说，真的。林珊妮说，那挺好。小白问，你怎么样？林珊妮说，也挺好的。小白看了林珊妮一眼说，说真的，我搞不懂你和安宁，你们到底想干吗？林珊妮理了理头发说，没想干吗，各自过各自的日子。林珊妮挑了一堆海鲜——龙虾、鲍鱼、老虎斑、奄仔蟹、象拔蚌。她说，便宜得像不要钱似的。晚上喝的是红酒，五个人干掉了八瓶。林珊妮平时喝酒不多，偶尔喝两杯红酒，也是点到即止，真要放开来喝，顶多也就是一瓶的酒量。餐桌上气氛热烈，他们仿佛回到了大学时代，又唱又叫的。邵安宁走进餐厅时，林珊妮喝得脖子都红了，她搂着小白，死命要亲他。

吃完饭，几个人摇摇晃晃往酒店走，邵安宁还拖着行李箱，他直接从车站奔向了餐桌。到了酒店，小白提议去唱歌。他说，就在三楼，方便，不用走远。邵安宁说，算了，跑了一天，累了，还有好几天呢，不急。小白到前台帮邵安宁拿了房卡，塞给邵安宁。到了六楼，邵安宁说，我到了。小白说，我们住八楼。林珊妮说，我也到了。出了电梯，她问邵安宁，你住哪个房间？邵安宁看了看房卡说，608，你呢？林珊妮身体晃了一下说，不记得了，我看看。她从包里掏出房卡，看了看，又问邵安宁，你说你住哪个房间？邵安宁拖着行李箱说，608。林珊妮大叫了声，小白，你给我滚下来！邵安宁说，怎么了？林珊妮把房卡递给邵安宁说，你自己看。她的房卡上写着608。

重新给邵安宁开好房，小白连声对林珊妮说，对不起，对不起啊，分错房间了。林珊妮“哼”了一声。分错了，鬼才相信。一共六个人，三男三女，四个房间，这么简单的事情会错？他是故意的。回到房间，锁好门，洗完澡，快十二点了。林珊妮想给赵毅阁打个电话，又想，他应该睡了，要不就在外面喝酒，难得老婆不在家，这样的机会他是不会放过的。林珊妮看了下微信，邵安宁给她发了条信息，对不起，小白这家伙想多了。林珊妮回了条，正常。想了想，又回了句，你是不是挺想的？邵安宁回，想。过了一会，又来了句，到你房间喝茶好不好？林珊妮说，不好，我要睡了。她看了看微信群，小白发布了明天的行程。他们将要去一个海岛，坐船大约需要一个小时。小白发了十几张图片，海水很蓝，沙滩干净。她想她会喜欢的。

大学毕业后，邵安宁见过林珊妮多次。上海离南京不远，坐高铁大约两个小时，不过三百公里左右的路程。林珊妮到南京后，刚开始没和邵安宁联系，偶尔听到邵安宁的消息都是从同学那里。他谈恋爱了，对象是他们局长的千金。同学群里发了那女孩子的照片，长得很漂亮，全身散发着傲气。林珊妮觉得邵安宁不会和她结婚，他那么骄傲的人，怎么会娶一个更骄傲的女孩子。当年，仅仅因为她和美术系的男生约会了几次，他果断地甩了她，怎么哀求都没有用。那是一段多么可耻的记忆，林珊妮天天打电话给他，往他宿舍送早餐。为了挽回他，她挑拨他的性欲。他依然不肯要她。她肚子大了，她以为邵安宁会回心转意了。没想到邵安宁说了句，谁知道是谁的。邵安宁这句话，打碎了林珊妮最后一点幻想。躺在医院冷冰冰的手术台上，坚硬的铁器捣烂了那个尚未成型的生命，也捣烂了曾经的林珊妮。她接受了赵毅阁。

结婚前不久，邵安宁到南京出差，他打电话给林珊妮，说想见见她。林珊妮拒绝了。后来，还是小白来求情，珊妮，你就见一下吧，安宁有话和你说。咖啡散发着焦糖的香味，林珊妮一直不太喜欢咖啡，她喜欢茶。有几年没见邵安宁，他的样子没怎么变。见到邵安宁之前，林珊妮以为她会哭出来，或者会骂他。让她意外的是，当邵安宁站在她面前，她反而出奇地平静，像是看着一团人形的烟雾。邵安宁说，好久没见了。林珊妮说，小白说你有话想和我说，说吧。她看了看表，我下午还要上班，只有两小时的午休。邵安宁说，我要结婚了。林珊妮笑了笑，你来就是为了和我说这个？我知道，同学群里都说了，恭喜你。邵安宁说，好了，你别讽刺我了。林珊妮说，怎么会是讽刺？恭喜你还来不及呢！局长千金，安宁同学前途无量啊，将来发达了，别忘了我们这些老同学。这句话，真有些讽刺的意思了。邵安宁说，你喜欢怎么说就怎么说吧。不管怎么样，当年是我对不起你，请你原谅。林珊妮喝了口咖啡说，我得感谢你不娶之恩，要是真嫁了你，还不知道得怎样伺候你。我现在挺好，赵毅阁对我不错，你知道，他人很好。邵安宁说，那就好。临走，他给了林珊妮酒店地址和房间号。

回到单位，整个下午林珊妮心神不宁。临下班，她给邵安宁发了条短信，在酒店等我。进了酒店房间，林珊妮注意到房间收拾得干净整洁，灯光调到恰到好处的昏暗，桌子上摆了一束玫瑰，还有炸薯条。他还记得她喜欢肯德基的炸薯条，那是学生时代的事情，现在她已经不喜欢了。在沙发上坐下，林珊妮对邵安宁说，是不是有点意外？邵安宁点了点头。林珊妮说，也没别的意思，我有几个问题想问你。邵安宁靠近林珊妮坐下。林珊妮说，你当时不要我，仅仅是因为我和别人约会？邵安宁想了想说，不是。林珊妮说，那是为什么？邵安宁说，你满足不了我，我心里不安分，总想着要干一番事业。林珊妮说，我妨碍你了？邵安宁说，没妨碍，但你也帮不了我。邵安宁说完，林珊妮心里一阵阵地疼。和林珊妮分手后，邵安宁很快找了新女朋友，武汉某大企业老总的女儿，还没到毕业，人家把他甩了。现在，他终于可以实现他的梦想了。林珊妮站了起来说，你说明白，我也不用猜了。其实，我也能想到，就是想听你说出来。说完，转过身准备走。邵安宁从背后抱住她说，难道我们就不能在一起吗？林珊妮用力分开邵安宁的手，望着他说，你的意思是一妻一妾，还是让我做你的地下情人？邵安宁说，你能不能别说得这么难听？林珊妮笑了笑，难道不是吗？她看着邵安宁说，这么些年，我还真没发现你这么不要脸。你要是还要点脸，没准以后还能见个面。如果这样，算了。出了房间，像是不甘心一样，林珊妮问了句，你爱她吗？邵安宁转身把门关上了。

从香洲港坐船，海水由浑浊的黄慢慢变成天蓝，海面上密布着绿荫覆盖的岛屿，像一个个孤独的旅人。海面逐渐开阔，他们缓缓远离了海岸。林珊妮坐在靠窗的位置，海水不时飞溅上来，拍打着玻璃窗户。来珠海之前，她去过海边，那是在舟山。她以为她会激动，课本上见过太多的海，真看到了，大海如此平淡无奇。水，漫无边际的水。航行了一个小时，他们抵达了海岛。这是一个不大的海岛，远处的山顶上有球形的建筑，涂成军绿色，据说是雷达。他们住在山顶的别墅，两层，一共五个房间，楼下是宽大的客厅，放着桌子、沙发，还有电视。别墅带院子，从院子里可以看见蓝色的大海、出海作业的渔船、灯塔、天空的云彩。林珊妮扶着栏杆，海风带着腥味灌进她的鼻子，小院有一条蜿蜒的小路通往海边，沿途是茂密的热带植物，长着肥厚的绿油油的叶子。她看到几对男女在海边散步，他们大声地叫喊，带着年轻的兴奋，像他们十几年前一样。巨大的石块倾斜着插进海里，远处的岛屿剩下淡淡的阴影。

放好行李，休息了一会，小白招呼大家去吃饭。到了岛上，照例是吃海鲜。岛很小，只有交错的几条街道，每条街道都不长，曲折着延伸向海边。吃过饭，回到山顶的别墅，正是下午。外面阳光毒辣，小白说，晚点出去玩吧，这会太晒了。他们在客厅聊天，刚吃完饭，再加上昨天的酒还没完全醒，大家都懒洋洋的。聊了一会，有人说，困了，我先回房睡会。大家先后回房，像是故意留下空间。林珊妮泡了杯茶，她还不太想睡。邵安宁挪了挪坐到林珊妮边上说，我陪你喝杯茶。林珊妮说，哪敢劳烦邵处，我受不起。邵安宁拿过茶壶说，开什么玩笑。

邵安宁结婚后，和林珊妮联系少了些，偶尔打个电话，发个微信。林珊妮接电话，也回信息，毕竟是同学，也爱过。如果说恨，过了那几年，也就风轻云淡了。他们各自有了自己的生活，那是两条不平行也不相交的轨迹。邵安宁升职了，邵安宁有孩子了，这些消息都是同学告诉她的，邵安宁不和林珊妮说这些。他们之间的联系更像关系平淡的情侣，有点暧昧，又不伤大雅。再次见到邵安宁是在四年后，他孩子两岁了。邵安宁打电话给林珊妮说他到南京了，想见见她。林珊妮对邵安宁说，你想去哪吃饭？邵安宁说，不出去了，就在酒店吃吧。林珊妮说，还是不要了，你来南京，作为同学我也应该请你吃个饭。邵安宁说，我不想出去，想和你说说话。

出发之前，林珊妮特意打扮了下，化了淡妆，涂了淡淡的唇彩。结婚几年，尽管有了孩子，她身材保持得不错，说是未婚也有人信的。去酒店之前，林珊妮做了最坏的打算。她想，再怎么样，邵安宁也不会强暴她，这个她有信心。她以为她会见到一个意气风发的邵安宁，西装笔挺，精神焕发，带着成功者压抑着的傲慢。进了酒店房间，林珊妮吓了一跳，房间里烟雾弥漫，邵安宁满脸憔悴地坐在沙发上，眼睛红得像两只小番茄。林珊妮放下包，打开窗户说，你怎么了？邵安宁突然哭了起来。邵安宁一哭，林珊妮心软了，她走过去，拍了拍邵安宁的背开玩笑说，怎么了？见到我这么激动？邵安宁抱住林珊妮，把头埋在她怀里，过了一会，邵安宁说，我真是个傻逼。林珊妮问，你到底怎么了？

邵安宁大学毕业，考进上海某局做了公务员，他有过几次短暂的恋爱。可能连恋爱都算不上，他只是需要一个姑娘，陪着度过难熬的业余时间。后来，他娶了局长的女儿，这个算是意外。谈恋爱那会，妻子对他很冷淡，多少有些不屑，始终觉得邵安宁是个外地人，没什么前途。邵安宁名牌大学毕业，长得帅气，人也灵活，这些都不管用。上海像一台巨大的机器，从他身上碾压过去，把他压成一张近似透明的纸，轻薄，无力。和邵安宁上过床后，妻子说，我以前有男朋友。邵安宁说，这没什么，我也有过女朋友。妻子轻蔑地笑了笑说，我说的不是这个，我的意思是，我还爱他。邵安宁有点意外地说，那你干吗不和他在一起？妻子没理会邵安宁，继续说，我为他做过三次人流，医生说如果再做人流，以后可能很难怀孕了。邵安宁朝垃圾桶方向看了看，那里有一只刚刚用过的安全套。妻子转过身对邵安宁说，邵安宁，我先和你说明白，免得你后悔。如果哪天他回来了，我可能还会去找他，哪怕是做小三。邵安宁忍不住问了句，他那么好？妻子说，有没有那么好我不知道，我爱他。邵安宁又问了句，他现在在哪？妻子说，去了美国，也许一辈子不会回来。邵安宁心里稍微放松了些，他想，他还有足够的时间，他相信时间会改变一切。结婚那天，妻子喝得大醉，这本来应该是他的事情。那天晚上，妻子睡在床上，他睡在沙发上。他看着满身酒气、软塌塌的妻子，突然觉得自己无比下贱、卑劣。他甩了一个爱他的人，娶了一个爱着别人的女人。这世界太他妈荒唐了。

婚后的生活，没什么可说的，毕竟都是受过教育的人，他们彼此表现得很有礼貌，在外人眼里，也许还是相当不错的一对。妻子认真扮演着妻子这个角色，给他买衣服，照顾家庭，生了孩子。即使是性生活，他们也算得上美满，妻子努力配合他，几乎从不拒绝他的要求，经常会主动爬到邵安宁身上。邵安宁以为妻子以前说的事就这么过去了，他会获得安稳的生活。后来，妻子告诉他，他回来了，她要去见他。邵安宁看着孩子说，去吧，早回。他还是幼稚了，他以为妻子只是出去见他一面，没想到妻子消失了三天。那三天，邵安宁想死的心都有，他甚至想过，等她回来把她杀了。

妻子回来时，孩子已经睡了，邵安宁坐在客厅喝酒，客厅里堆满了啤酒罐。听到开门声，邵安宁坐在沙发上一动没动。妻子进来，放下包，倒了杯水，喝了两口，像是什么都没发生一样。她在沙发上坐下，手里拿着水杯说，你还没睡？邵安宁咬牙切齿地说，你说，我睡得着吗？我老婆不见了，他妈的不见了，去见别的男人了。妻子慢条斯理地喝了口水说，我以前和你说过的，你答应了。邵安宁说，我他妈就是个傻逼。妻子笑了起来说，你不傻，你也得到了你想要的，是不是？你不是很快就要升正处了吗？邵安宁灌了口酒说，你说，你这几天在干吗？妻子看着邵安宁平静地说，我和他在一起。邵安宁把啤酒罐狠狠地砸向地面，把妻子按在沙发上，你干什么了？妻子用力推开邵安宁叫了起来，我和他做爱了，你管得着吗？邵安宁一把抓住妻子，拖进房间，把妻子压在身下。做完，邵安宁平静了些。妻子洗了个澡，回到房间，她用毛巾揉着头发说，邵安宁，你要是觉得不公平，你也可以去找个女人，我不管你，只要你不把病带回来。邵安宁骂道，贱人。妻子没有生气，相反她走到床边，摸了摸邵安宁的胸部说，在喜欢的人面前，谁他妈不是个贱人。说完，对邵安宁说，你放心，孩子是你的，这点道德我还是有的。对了，如果你想离婚，我不反对。如果你不想离婚，我们可以一直这么过下去。妻子的话击垮了他。

第二天，妻子若无其事地上班，邵安宁去了南京。

这不是什么大事，真算不上什么大事。听邵安宁说完，林珊妮想起了赵毅阁。结婚几年，她多次在赵毅阁的公文包里发现安全套，完全是无心的。赵毅阁的手机她从来不看，有什么好看的？男人如果想和女人来一炮，太简单了，十几分钟的事情。她从来不问赵毅阁这些事情，懒得问。想到邵安宁的妻子，林珊妮有些同情，有些敬佩，她比她勇敢。林珊妮抱着邵安宁说，好了，你一个大男人，还为这点事哭，丢不丢人。邵安宁的手在林珊妮身上摸索起来。林珊妮拉开邵安宁的手说，我去洗个澡。林珊妮洗完澡，对邵安宁说，你也去洗个澡，一身的味道。邵安宁去了浴室，林珊妮躺在床上。刚才，林珊妮洗完澡，对着镜子看了看自己，多好的肉体，成熟而有风韵。邵安宁从浴室出来，胡乱擦了几把，趴在了林珊妮的身上。邵安宁动作时，林珊妮想起了大学时代。邵安宁甩了她，她像个妓女一样挑拨邵安宁的性欲，然而一切都没有用。和邵安宁恋爱两年，邵安宁从来不肯碰她下面。林珊妮抓着邵安宁的头发，把他往下推，按在她的两腿之间。再等邵安宁爬上来，进入她的身体。林珊妮觉得，她是圣母，也是一个征服者。完事后，林珊妮对邵安宁说，是不是感觉好多了？邵安宁一脸的满足，他是微笑着的。林珊妮从邵安宁怀里挣脱出来说，人家操了你老婆，你难受成那样。你操了别人家老婆，感觉很爽吧？邵安宁说，珊妮，干吗说得那么难听？林珊妮说，本来就是这样，你们男人，说到底还是自私。说完，准备起身穿衣服。邵安宁拉了林珊妮一下说，别回去好不好？陪我。林珊妮甩开邵安宁的手说，我得回去，我可没你老婆那么牛逼。

邵安宁再来南京，林珊妮会出来陪他，但她再不去酒店过夜，不管邵安宁怎么哀求。

晚餐，KTV。小白说，吃个夜宵吧，喝得都饿了。他们找了个烧烤档坐下，林珊妮说，我吃不下，也喝不下了，你们慢慢玩，我去散散步。小白说，你一个人去啊？邵安宁连忙说，我和珊妮一起去吧，我也不想喝了。四个人暧昧地笑了笑说，保重啊，保重，不送啊。林珊妮对小白说，对了，你说挖海胆是在哪个地方？我想去看看。晚上吃饭时，小白说，上次来这挖了不少海胆，林珊妮记住了。她在海鲜市场见过海胆，像一只小小的刺猬。它们附着在礁石上，退潮时便显露出来。小白说，挖海胆得明天退潮了，这会什么都看不见。林珊妮说，没事，我就去看看。小白指了指附近的一条小道说，你顺着那条道走，走到几块大石头那，下面就是了。

邵安宁陪着林珊妮往海边走。盛夏晚上，岛上人很多，多半在烧烤档和海滩，他们喝酒、玩水、唱歌，这是度假的地方。环岛的山路上，除开夜钓的人和三三两两的年轻人，人并不多。绕开人群，走到转弯的地方，邵安宁抓住了林珊妮的手。接着，他松开手，搂住了林珊妮的腰。邵安宁说，你昨晚干吗生那么大气？小白也是好心。林珊妮说，他替你倒是考虑得周到，想过我没？说出去我还怎么做人？邵安宁笑了起来说，都是几个老友，谁不知道谁啊，掩耳盗铃。林珊妮拍了下邵安宁的手说，谁让你盗铃了？海风清澈，远处作业的船只上有明亮的灯光，时不时有快艇从海面上划过。邵安宁说，晚上别关门了。林珊妮说，不。走了一会，林珊妮说，你是不是很想做爱？邵安宁说，也不光是这样，我想和你说说话。林珊妮说，那还是想。又走了几步，林珊妮说，其实我想不明白，我们干吗还要勾勾搭搭的？每次见面，除开做爱，也没什么内容。你和谁不都一样，干吗非得找我？邵安宁说，那不一样。林珊妮笑了笑，觉得还是带点感情？邵安宁说，我也不知道为什么，每次和你在一起，哪怕只待一两天，回到上海，我都觉得我有勇气面对眼前的一切，觉得它至少没那么坏。你好像成了我的信心支柱。林珊妮说，夸张，我哪有那么重要。林珊妮还想说点什么，邵安宁把林珊妮拉进怀里，嘴唇压在了她的嘴唇上，急切地吻她。林珊妮身子一软，邵安宁的手落在了她的屁股上。亲了一会儿，林珊妮推开邵安宁说，我透不过气来。她指着附近一块平坦的礁石说，我们去那聊会天吧。

爬上礁石，林珊妮躺了下来，望着满天的星星说，真好。邵安宁说，真快，毕业都十五年了。林珊妮枕着邵安宁的胳膊说，我以前以为我会恨你，后来发现恨不起来。邵安宁没说话，侧过身，把手伸向林珊妮。林珊妮扭了扭身子，换了个合适的姿势，方便邵安宁的手伸进她的衣服。她反手解开了文胸扣。邵安宁的手抓住她的乳房时，林珊妮“嗯”了一声，她觉得舒服。海边，星空下，礁石上，一个男人，她以前的梦中出现过这种情景。邵安宁摸着林珊妮的乳房说，珊妮，我想娶你。林珊妮笑了笑，此情此景，这真是句不错的情话。她说，你结婚了，我也结婚了，你娶不了。邵安宁说，可以，我们先离婚，然后结婚。林珊妮拍了拍邵安宁的脸说，傻瓜。她环住邵安宁的头，想让他亲她。邵安宁亲了林珊妮一口说，我说真的。林珊妮说，别傻了，这样不是挺好？邵安宁的手从林珊妮怀里抽出来说，我受够了，我要离婚。他坐了起来。林珊妮有些不高兴，这个时候说这些话，真是让人扫兴。林珊妮也坐了起来，双手抱着膝盖说，你又怎么了？邵安宁说，我想离婚，娶你。林珊妮望着海面远处说，如果你十几年前说这话就好了。邵安宁说，还来得及，我有能力照顾好你。林珊妮说，来不及了，我孩子都快十岁了。说完，扭过头，望着邵安宁说，再说，你不要你的前途了？我可帮不了你。邵安宁搂过林珊妮的肩膀说，现在不一样了，我不需要任何人帮助。林珊妮说，你老丈人会搞死你。邵安宁笑了笑，笑得有些凶狠，他想搞死我也办不到了。林珊妮说，怎么了？邵安宁说，他出事了，能保全自己就不错了。林珊妮问，那你老婆怎么办？邵安宁说，她羞辱我还不够吗？该滚蛋了，我忍了她快十年了。林珊妮没说话，她似乎一点也不开心。见林珊妮没说话，邵安宁继续说，你还记得那个男人吗？回来了，破产了，哈哈，破产了。林珊妮说，那你该放心了。邵安宁脸色沉了下来说，你知道吗，那男人破产了，她闹着要跟我离婚。林珊妮有点意外地说，不是吧？男的离婚了？邵安宁说，没有，没离婚。她说，男的落难了，她要帮他，即使全世界的人都不要他，她也要，哪怕是做个小三。听邵安宁说完，林珊妮有点难过，为那个女人，也为自己，她什么时候这么坚定地爱过？林珊妮说，所以你来找我了？邵安宁说，珊妮，你想多了，我爱你，你和她不一样。林珊妮整理了下裙摆说，没什么不一样，她宁可给别人做小三，也不愿意和你在一块儿。我呢？结了婚的人还和你搞在一起，我是个贱人。邵安宁说，你不爱他。邵安宁一说完，林珊妮叫了起来，她也不爱你！说完，补充了句，和她比我更像个婊子，我还要立牌坊。

回到古城南京，林珊妮删掉了邵安宁的电话、微信。删完之后她才发现，她不记得他的电话号码，那个一年响不了几次的电话号码。赵毅阁问她玩得开心不，林珊妮说，还不错。赵毅阁没再问什么。林珊妮说，你就不想知道点别的？赵毅阁说，别的什么？林珊妮笑了笑，你不担心我和邵安宁上床？赵毅阁说，我相信你不会，再说，如果你真想和他上床，我也守不住。林珊妮抱着赵毅阁的腰，亲了亲他的嘴说，你真好。在岛上的三天，她几乎没再和邵安宁说话，她突然如此厌恶那张脸，她觉得过去的那几年，她肯定是疯了。邵安宁每天晚上敲她的门，她听见了，她相信小白，还有别的同学也听见了，她坚决不开门，她因此而更讨厌他。林珊妮问赵毅阁，除开我，你还有没有别的女人？赵毅阁有些慌乱，你说什么呢？没有。林珊妮笑了起来，以前有也没关系，你答应我，以后不会有了。赵毅阁扭过头说，你神经病。林珊妮又笑了，发自内心的。女儿在房间睡熟，林珊妮知道，那才是她的命。

第八宗罪

即使搬进了南湾半岛，邝新良的睡眠也没有变得更好一些。他总是梦到富宁街，狭窄弯曲的街道，路边垂着根须的榕树，春夏之交开着白色、淡黄色、红色花朵的鸡蛋花。和富宁街比起来，南湾半岛洋派、时尚。从邝新良住的别墅往北边走大约两百米，穿过凤凰花掩盖的小道，那里通往游泳池。有空，他总是去那里游泳。前台是一个二十出头的小姑娘，盘着头发，邝新良想，她应该还在念大学。见到邝新良，她总是微笑着说，你好。见到每个人，她都这么说。

邝新良很久没有回富宁街了。上一次回富宁街，大约是在半年前，他去老房子前看了一眼，外墙斑驳，门是锁着的。这所老房子，前些年卖掉了。从巷子里出来，邝新良到街口吃了碗拉布粉。有街坊见到了，和邝新良打招呼，邝总，回来了，有空到家里喝茶。邝新良笑笑说，不了，还有事情。街坊说，知道邝总是大忙人，生意还好吧？邝新良说，老样子。街坊说，都说这几年生意难做，邝总这是逆势飞扬，不得了。邝新良说，做生意的事情，谁说得好，有亏有赚的，要是什么生意都好做，哪还有打工的。街坊说，邝总看得明白，发财了别忘了富宁街的街坊，能帮衬就帮衬下。邝新良说，您这是开玩笑了。对富宁街，邝新良感情复杂，他一直试图逃离这个地方。等他成功逃离了这个地方，他又开始惦记这个地方。

早上起来，邝新良拉开窗帘望了望窗外，天有些黑，乌云堆积，像是要下雨。刷完牙，刮好胡子，洗完脸，邝新良从冰箱里拿了一只火龙果，倒了一杯牛奶。这是他的早餐，一个人的早餐。对吃喝，邝新良不太在意，他很少在家吃饭。一个人，有什么好吃的呢？邝新良四十出头，单身一人，这在外人看来，有些不可思议。他有钱，长得还不错，浓眉大眼，身材健硕，下巴上刮得铁青，显示出男人的气概。这样的男人，不应该没个女人。邝新良没结婚，自然没有孩子，别墅里除开他，每个周末，会有阿姨过来打扫卫生。阿姨长得黑黑胖胖的，剪的短发，整个人显得精神干练。来搞卫生，碰到邝新良在家，阿姨会问，邝总今天怎么有空？邝新良和阿姨开玩笑，回来看看你，怕你偷东西。阿姨笑起来，那你把钥匙拿回去，你不怕我趁你不在家把东西搬光了？邝新良说，怕，要是有合适的人，我把钥匙拿回来。阿姨给邝新良打扫卫生好几年了，平时见面不多。阿姨性格开朗，全然没有服侍人的拘谨。

看到阿姨，邝新良经常想起他妈赵明珠，她死了好些年了。有阿姨在，邝新良放心，这些年，家里什么东西都没少，偶尔还会多出几束花来。不用说，是阿姨买的，有百合，有茉莉，不贵，看着舒服。阿姨托邝新良办过事，帮她大学毕业的女儿找工作，这对邝新良来说不是什么难事，每个公司都要人，招谁都差不多。有了这事，阿姨更贴心了，时常给邝新良带时鲜水果，荔枝、龙眼、杧果、木瓜等。邝新良推辞，阿姨有些不高兴，邝总，都是自家产的，你是不是看不起我们乡下的东西？阿姨这样一说，邝新良不好再说什么了。其实，他喜欢那些水果，长相虽然不是很好看，却甘甜，和市场上的不太一样。和邝新良熟了，阿姨试探着问过，怎么不找个人过日子？邝新良说，懒得找，一个人也挺好的。阿姨说，总还得成个家，心里踏实。邝新良说，阿姨，不说这个了，以后也不说。邝新良对阿姨，像对他妈赵明珠。

没结婚、没孩子，不表示邝新良孤身一人，他有女朋友。邵清晨和邝新良在一起快四年了。邵清晨开了家广告公司，在业内小有名气。和公司比，邵清晨的名气远远大过公司。说起邵清晨，普遍的印象是这是个仙。生意场上的人，多是八面玲珑，圆滑通透，邵清晨不是，用流行的话说，这人有点二。和邵清晨做生意，别的可以忍、可以让，如果你要让她改文案创意，这事肯定黄。对广告行业来说，广告主就是爷，爷说什么，我做什么，至于效果如何，我管不了，也不管。刚入职的新手，可能还会就广告创意和广告主纠缠、解释，试图说服。做久了，你爱怎么改怎么改，不是说“甲方虐我千百遍，我待甲方如初恋”吗？你想好了，我来落实，也算是尽了责了。邵清晨不是这样，业务拿到，文案创意确定，广告主想改，那就难了。除非你有足够好的理由说服她，否则，生意可以不做，改是不行的。公司起步阶段这么做，大家当然不接受，你以为你是谁啊，你还牛逼了，全世界就你一家广告公司啊！别人怎么说，邵清晨不管，照样我行我素。几年下来，事实证明，邵清晨往往是对的，她的策划、创意效果不错。效果一好，废话就不说了，广告主都不会跟钱过不去，做广告为了销售，销售为了赚钱，只要赚钱，你想怎么来就怎么来。何况，邵清晨只要接了单子，那真是全力以赴，绝不敷衍。这样一来，二逼虽然二逼，二逼久了也是性格，大家也都认了，只觉得这人古怪，心里还是佩服的。

邝新良认识邵清晨是在一个酒会上。朋友公司的产品发布，邝新良做嘉宾，邵清晨是活动策划。搞完活动，朋友组了个局，人不多，七八个人。安排座位时，邝新良正好在邵清晨边上。邵清晨的名字，邝新良是早就听说了，经常听朋友们提起。说这女人厉害，抽烟、喝酒、脾气大，还不好上手。邝新良说，那你们干吗还整天惦记着？关键是长得好、有才啊。朋友们说。邝新良看了邵清晨一眼说，经常听人说起你。邵清晨笑了笑说，没什么好话吧。邝新良也笑了，嗯，是没什么好话，说你厉害。邵清晨说，说一个女人厉害，可不是什么好词。说完，掏出烟盒对邝新良说，来根？邝新良看了看烟盒，她抽的是黄鹤楼，不是想象中细小的女式烟。吃完饭，一帮人去KTV继续喝酒。邵清晨唱了两首歌，可能是烟酒过多的缘故，她的嗓音有点沙，沙得特别。邝新良中途上厕所时，朋友站起来，跟他进了洗手间。关上门，朋友对邝新良说，老邝，邵清晨好像对你有意思。邝新良说，鬼扯。朋友说，真不是鬼扯，我跟邵清晨认识几年了，也不是第一次合作。以前，她跟我们一起喝酒，没那么爽快，很少和我们一起唱歌。邝新良说，说不定她今天正好想喝酒，想唱歌。朋友说，没那么巧。说完，想了想说，你发现没？邵清晨几乎整个晚上都和你在一起。吃饭和你隔壁就不说了，来唱歌，这么大地方，她偏偏坐在你边上，这就有问题了。朋友说完，邝新良想了下，也是。

回到座位，邝新良刚坐下，邵清晨叉了片西瓜给邝新良说，你今天喝了不少，吃点西瓜，舒服些。邝新良接过西瓜，咬了一口，邵清晨在剥橘子。等邝新良放下叉子，邵清晨又给邝新良递了半个橘子，另外半个，她自己吃了。他们一直玩到凌晨两点才散场，各自打车回去。人都走完了，邵清晨一个个地打招呼，招呼他们先走。邝新良站在边角，看着邵清晨，等到人都走完了，他走了过去。看到邝新良，邵清晨显得有点不自在。邝新良说，你还没走？邵清晨捏了捏包，你不是也还没走。邝新良说，你住哪？我送你吧。邵清晨突然昂起头，望着邝新良说，你是不是特意等我的？邝新良笑了起来说，真聪明。邵清晨拦了辆的士，拉开车门说，走吧。一上的士，邵清晨把头靠在了邝新良的肩膀上。

和邵清晨在一起后，邝新良才知道邵清晨比他小五岁，已婚。邵清晨告诉邝新良她结婚了，她说的时候语气平淡、自然，好像在说另一个人。想来也是对的，邵清晨长得漂亮，事业发展得不错，这么优秀的女人，有个男人没什么奇怪的。第一次和邵清晨上床，邝新良有点意外。邵清晨高而瘦，他没想到邵清晨居然有一对丰满的乳房，至于大长腿，那是显而易见的。进入邵清晨时，她单手护着下体，扭了扭身体，似乎有些不好意思。这也让邝新良意外，他以为邵清晨会是奔放热烈的抽烟喝酒的女人。邵清晨告诉邝新良她结婚了，她说，你会不会觉得我是个坏女人，不守妇道？邝新良说，正常，没什么不好理解的。邝新良说完，邵清晨有点恼火，她说，什么叫正常？你的意思是女人出来偷情正常？邝新良说，我不是这个意思。邵清晨说，邝新良，其实不正常，我不是个好女人，好女人哪会偷情。你也不是个好男人。想了想，邝新良说，我单身。邵清晨拿着烟的手抖了一下，很快，她接着吸了一口。

两个人在一起的第二年，邵清晨离婚了。拿到离婚证书那天，邵清晨约邝新良一起吃饭，她喝了很多酒。邝新良带邵清晨回家，她喝醉了，把邵清晨搬上床，他累出一身大汗。邵清晨身上散发出浓烈的酒味，她趴在床上，很快睡着了。邝新良躺在邵清晨边上，他有些心疼。等他醒来，天已大亮，邵清晨穿着邝新良的睡衣坐在床边，看着他。邝新良揉了揉眼睛说，你那么早醒了？邵清晨笑了笑说，早醒了，我洗了个澡，洗了头发。说完，把头凑近邝新良说，你闻闻，是不是很香？邝新良伸出手，摸了摸邵清晨的头发说，香，很香。邵清晨往下挪了挪，靠近邝新良的身体说，我离婚了，你是不是觉得有些意外？邝新良说，也不是。邵清晨伸手抱住邝新良说，你别想多了，不是为了你。邝新良说，为谁都不重要，重要的是你离婚了。邵清晨抱住邝新良说，抱紧我！做完，邵清晨说，我现在相信你是真的没女人了，你家里没女人用的东西，连安全套都没有。

离婚后，邵清晨和邝新良的关系公开化了，不用刻意避着什么人。生意场上的朋友和邝新良开玩笑，邝总，什么时候请喝喜酒啊？邝新良只是笑笑，不说什么。邵清晨从未和邝新良提过结婚的事情，似乎觉得这样也很好。两个人一起过夜，多是在酒店。邵清晨离婚后，分到两套房子，公司还是她的。她从不带邝新良回家过夜，也很少在邝新良家里过夜。偶尔去邝新良那里，多是做做饭，吃完就回家了。邝新良也不留，如果她愿意，她会留下来的。全套的女性用品都有了，睡衣、拖鞋、洗发水，甚至卫生巾。邵清晨对邝新良说，你知道你为什么吸引我吗？你和别的男人不一样，一点不急，甚至还有点漫不经心。还有，她停顿了一下说，你似乎总是不开心，看着让人心疼，我想让你开心些。

邵清晨三十六岁生日那天，邝新良约邵清晨一起吃饭。邵清晨说，好啊，你准备请我去哪吃饭？邝新良说，我想自己给你做。邵清晨笑了起来说，我很挑剔的。邝新良说，你还没吃过我做的饭，说不定合你胃口。邵清晨说，那我等着了。给邵清晨打完电话，邝新良给公司打了个电话，告诉助理，他不去公司了。

从南湾半岛出来，邝新良开车去了富宁街。富宁街还是老样子，街口是几个小店，卖日常生活用品。再往里，地摊上摆着新鲜的蔬菜，卖菜的都是上了年纪的人。他想起了小时候，他和邝新燕、邝新军在街上玩耍，赵明珠喊他们回家吃饭的清晨。一晃，赵明珠死了都十几年了，她真是一天福都没享。对富宁街，邝新良的记忆是灰色的，天空似乎总是灰蒙蒙的，他不喜欢。现在再看富宁街，邝新良想法变了，可能以前的日子也没有他想象的那么差。从富宁街出来，邝新良去市场买了菜，又到花店买了一大把玫瑰。

门铃响了，邝新良知道是邵清晨来了。他走到院子里，打开门，邵清晨笑盈盈地站在门口。邵清晨穿了一条民族风的裙子，绾着头发，化了淡妆，露出瘦长的手臂。进了客厅，邵清晨望了望四周说，就我们两个人？邝新良说，不好吗？邵清晨亲了邝新良一口说，很好，我怕你会喊一帮人。邝新良给邵清晨倒了杯水说，你先坐一会，很快就好了。邵清晨说，要不要我帮忙？邝新良把邵清晨按在沙发上说，今天你生日，坐着，我来做。邵清晨说，好。她又亲了一下邝新良的手。

餐桌上摆了六个菜，两瓶红酒。邝新良关了大灯，把壁灯调到刚好照到人影，又点了根蜡烛。给邵清晨倒上酒，邝新良碰了下杯说，生日快乐。喝完杯中酒，邵清晨说，做那么多菜，还搞得那么浪漫，是不是想把我灌醉占我便宜？邝新良笑了，你想多了。邵清晨说，切，还不肯承认。两瓶酒喝完，菜没怎么动。邵清晨想收拾一下桌子，邝新良说，别收拾了，明天让阿姨来收拾，我想和你说说话。两个人在沙发上坐下，邝新良说，要不要再喝点？邵清晨点了点头，眼神柔媚地看着他，脸上红扑扑的。她的腿露了出来，在柔和的灯光下，显得细腻、性感。开好酒，邝新良给邵清晨倒上，拿着酒杯趴在邵清晨两腿之间，邵清晨一只手拿着酒杯，另一只手摸着邝新良的头说，像个孩子，要是让人看见邝总这样，要笑死人了。邝新良说，你还真像我妈。放下酒杯，邝新良对邵清晨说，我给你讲个故事吧。

很久以前，富宁街和现在有些不同，店面没这么多，树还是那些树，只是小一些。富宁街上住着一户人家，两口人。男的叫邝倬文，女的叫赵明珠，两个人都快四十了，还没个孩子，他们经常吵架，为了孩子的事情。邝倬文骂赵明珠，说赵明珠光吃饭，不下崽，养头母猪都比娶她划算。赵明珠不服气，又没有办法，结婚十几年，她的肚子一动不动。去医院检查过，医生说她没问题。她让邝倬文去检查，邝倬文不肯，他说，我一个男的有什么问题？赵明珠知道，他是怕万一真是他的问题，说出去难听。两个人吵吵闹闹过了十几年。有年冬天，赵明珠一大早起来倒痰盂，打开门，她脚下被个什么东西绊了一下，她往地上一看，看到了一个篮子。赵明珠提起篮子，看到了一个小孩，小孩脸冻红了，手上还抓着一个奶瓶，他连哭都哭不出来了。赵明珠朝四周看了看，一大早，街上还没有人，扔小孩的人怕是早就跑了。赵明珠连忙把孩子抱回家，她怕这孩子冻死了。邝倬文刚好醒了，他对赵明珠说，你抱了个什么东西？赵明珠把孩子递到邝倬文面前说，有人在门口扔了个小孩。邝倬文看了一眼说，那你抱进来干什么？赵明珠说，天这么冷，放到外面怕孩子冻死了。邝倬文没再吭声，气鼓鼓地出门了。赵明珠赶紧把孩子放进被子，孩子慢慢缓过来，哭出声来了。赵明珠仔细检查过孩子，四肢健全，看不出什么毛病，眼神机灵，也不像脑子有问题的。等邝倬文回来，赵明珠说，老邝，要不，这孩子我们养了吧。他们给孩子取名邝新良。

讲到这，邝新良喝了杯酒。邵清晨和邝新良碰了下杯说，其实，这些事我知道，听他们讲过。邝新良说，你是不是特别同情我？邵清晨摸了摸邝新良的脸说，那倒没有，就是觉得你特别不容易，很佩服。有时候我说你让人心疼，大概也有这个原因。不过，过去的事情都过去了，你现在挺好的，是不是？邝新良说，别人看起来是挺好的。

也是奇怪，收养邝新良没两年，赵明珠接连生了两个孩子，大的是个男的，叫邝新军，小的是女的，叫邝新燕。没生邝新军、邝新燕时，邝倬文对邝新良虽然不冷不热，但也还过得去，有了自己的孩子，邝倬文怎么看邝新良怎么不顺眼。邝新良小的时候，还不觉得，毕竟不懂事。等长大了，他觉出不同了。一张桌子上吃饭，邝倬文只给邝新军、邝新燕夹菜，正眼都不看邝新良一眼。赵明珠看不过去，往邝新良碗里夹菜，邝倬文的脸色就不太好了。等长大了，听得懂事了，邝新良听说他不是邝倬文亲生的。他对赵明珠说，妈，他们都说我不是你亲生的。赵明珠说，是哪个嚼舌头的乱说，你是妈生的。邝新良说，街上的人都说我是你捡的。见瞒不住了，赵明珠说，儿啊，不管你是不是妈亲生的，妈一样对你们兄妹三个没分手心手背。赵明珠这样一说，邝新良明白了，他确实不是亲生的。知道这个事后，邝新良难过了很长一段时间，他恨亲生父母，生了他不养他。他问赵明珠，妈，为什么有人生了小孩不养？赵明珠说，说不定他们有什么难处。他又问，你为什么要养我？赵明珠说，都是一条命，你到了我家里，你就是我儿。

为了邝新良，赵明珠和邝倬文没少吵架。知道了自己的来历，邝新良在家里小心翼翼，生怕做错了事惹邝倬文生气。邝倬文倒不打他，每次喝醉了，只会冲赵明珠发脾气，指桑骂槐地怪赵明珠多管闲事。初中毕业，邝新良考上了重点高中，邝倬文不想让他读，下面还有两个孩子，读书都要钱。他一个人上班，每个月一千多块钱的工资，养活一家人艰难得很。再说，厂子说不定哪天也就跨了，就算不跨，说不定哪天下岗了。赵明珠在街上摆地摊，辛苦一天，赚不了几个钱，碰到运气不好，遇到城管，还要亏钱。按邝倬文的意思，邝新良初中毕业，去厂里打个工，补贴下家用才是正道。赵明珠不肯。邝倬文和赵明珠吵，也给邝新良甩脸色，骂他不知好歹。

有好几次，邝新良听到邝倬文对赵明珠说，你给他读什么书，又不是自己孩子，人家长大就跑了，你还指望人家养你？赵明珠低声说，孩子考上了，不给他读，我心里过不去，人家孩子想考还考不上。邝倬文说，你还指望他考大学，出人头地？就算他出人头地了，他还记得你这份恩情？赵明珠说，老邝，做人要有良心，你这样做，不怕孩子长大骂你？邝倬文说，我不怕，我不指望他养我。再说了，家里负担这么重，给他读个初中，可以了。赵明珠说，不管你怎么说，我不同意。我就是卖血，也要供新良读书，他是个读书的料子。邝倬文骂道，我怎么娶了你这么不懂事的女人！临开学，邝新良对赵明珠说，妈，我不读了，我去打工挣钱。赵明珠说，别听你爸的，好好读书。邝新良说，不是我爸的意思，我不想读了。邝新良说完，赵明珠看着邝新良，脸都憋红了，她说，邝新良，你什么意思？虽然你不是我亲生的，我哪点对不起你了？家里虽然穷，我让你饿着了？让你冻着了？我把你和弟弟妹妹分两样了？邝新良说，妈，我不是这个意思。赵明珠说，你要不是这个意思，给我好好读书。

高中毕业，邝新良考上了大学。大学毕业，他和几个同学开了个小公司。后来，公司慢慢壮大，邝新良有钱了。赚了钱，邝倬文对邝新良态度好了一些。他对邝新良说，要不是我辛辛苦苦供你读书，你哪有今天。邝新良不喜欢邝倬文，给他钱，算是报答。等日子好了些，赵明珠病了，很快，死了。临死前，赵明珠拉着邝新良的手说，儿啊，看你成器，妈就放心了。你弟弟妹妹，以后靠你了。赵明珠死的时候，邝新军和邝新燕都出了校门，一个职业技术学院毕业，一个专科毕业。最让人头疼的是邝新军，本事没有，整天想着发财，赚大钱，小钱还看不上。隔三岔五，他找到邝新良说，哥，我找了个好项目，你借我点钱，等项目成了，我还你。刚开始，邝新良还有兴趣听他讲讲，介绍下项目，给他出出主意。很快，他发现，邝新军的那些项目，都是道听途说，没谱的事情。他给邝新军的钱，很快就被挥霍掉了。邝新军再来找他，他懒得听了，随手给他点钱了事。

有天晚上，两兄弟一起喝酒，喝多了点，邝新军对邝新良说，哥，我知道你看不起我。邝新良说，两兄弟，不说这样的话。邝新军指着邝新良说，你别否认，你就是看不起我，你觉得我做什么什么不成。邝新良忍着怒火说，刚开始做事情，难免的，哥不怪你，以后做事用点心就好了。邝新军说，你不相信我。邝新良说，我没有不相信你，我要是不相信你，我不会给你钱。邝新军冷笑了两声，你给我钱？你给我的那算钱？你打发叫花子吧！邝新良拍了下桌子说，新军，你怎么说话的！邝新军把头低下来，压低嗓音说，哥，你要是真相信我，你借我一百万，我手头有个好项目，这次肯定能成。邝新良头都大了，他说，喝酒喝酒，等你清醒了再说。邝新军一把把酒杯推开说，我没喝多，你不是我哥。你要真是我哥，不会这点钱都不舍得，我又不是不还你。邝新良再好的脾气也忍不住了，他把杯子摔到地上，骂道，你说，你除开向我要钱，你还会什么？以前还是几万几万，现在好了，一开口一百万，你当我开银行啊？你也不看看你自己，出来这么些年，你干了点什么？见邝新良发脾气，邝新军哈哈大笑，我爸说得没错，不是亲生的，就是不一样。邝新良恨不得狠狠扇他几个耳光。过了些天，邝新军找到邝新良说，哥，我错了，我不该那样说。说完，装模作样地打了自己两巴掌。他说，哥，真的，这次肯定能成，我不要多，你借我十万，十万就够了。邝新良还是给了，他想起了赵明珠对他说的话。

邝新良很少回富宁街，他不愿意回去，赵明珠死了，回去没什么意思。他和邝倬文无话可说，几十年的冷淡关系，不会因为邝倬文态度稍有好转而变得不同。不管是邝倬文还是邝新良，他们都知道，这种面上的好转不过是因为钱，他们之间从无亲情可言。至于邝新军，邝新良更是不想理，从小，他受够了这个讨厌的弟弟。他从未把他当哥哥，小时候，邝新良像他的用人、保镖。长大了，邝新良成了他爸，养他，给他解决各种麻烦。邝新良不想见到他。邝新燕多半不在家，读大专那会，她就在外面和人同居，肚子被搞大了好几回。偶尔见到邝新燕，不是头发颜色变了，就是耳朵上又多了颗耳钉。邝新良想不明白，邝新燕也是快三十的人了，怎么还不能成熟一点？邝新燕带过两个男人回来，一个手臂上文着两条青龙，一个脖子上戴着手指粗的金链子，邝新良一看就不喜欢。这个妹妹，从小不服管教，邝倬文管不了，赵明珠也管不了。如果说她稍稍对谁还有点敬畏，那就是邝新良。邝新良问过邝新燕，你到底想找个什么样的男人？邝新燕说，我想找个哥这样的。邝新良说，那你去找啊。邝新燕说，那也要人家要我啊。邝新良说，你不去找怎么知道人家不要你？邝新燕望着邝新良说，哥，换了是你，你要我吗？邝新燕把邝新良问住了。的确，如果是他，他不会要邝新燕。快三十的人了，没个正形，整天在外面晃晃悠悠，要什么没什么。邝新良说，我真是替你们着急。邝新燕钩住邝新良的脖子说，我不着急，不是还有你嘛。

等邝倬文死了，邝新良在南湾半岛买了套别墅，彻底离开了富宁街。邝倬文没死时，他不想买房子，不是没钱。邝倬文一直催邝新良买房子，他甚至还替邝新良看过好几个楼盘。他说，以后房子会越来越贵，早买早好。这个道理，邝新良懂。他不买房子，是因为他知道邝倬文的心思。如果要买，肯定不是一套，他还得给邝新军、邝新燕买。邝倬文临死前对邝新良说，我都是快死的人了，你能不能答应我一个要求？邝新良说，你说。邝倬文说，我知道你不喜欢我，不管怎么说，你是我养大的，要是没我，你早死了。邝新良说，我知道。邝倬文接着说，这个情，你还不清，你的命都是我给的，你还不清。我也不要你还，你对弟弟妹妹好些，他们再不成器，也是你妈生的。就算你不喜欢我，你妈对你好不好，你心里有数。做人不能没有良心。邝新良眼泪流出来了说，我知道。邝倬文说，你答应我。邝新良说，我答应。邝倬文死了，邝新良的心比冰还冷。邝倬文死后，邝新良和邝新军、邝新燕商量了下，把富宁街的房子卖了。邝新良说，房子卖了，我不要一分钱。卖房的钱给新军，你爱干什么就干什么。新燕你也别担心，房子卖多少钱，我出多少钱给你做首付，后面的你自己慢慢供。你们觉得怎么样？邝新军说，好。邝新燕也点了点头。把房子卖了，邝新良和富宁街最后的一点联系也割断了，他想，他可能再也不会回富宁街了。

你还是会回去。邵清晨喝了杯酒说，有些东西是割不断的。邝新良说，嗯，今天还去了一次。邵清晨放下酒杯说，我们到院子里坐一会吧。月亮升起来了，天空还是亮的。邵清晨在院子里转了一圈，在凉亭里坐下，向邝新良招了招手说，你过来。邝新良走到邵清晨边上，邵清晨看着邝新良说，你今天第一次和我说这么多话。邝新良说，除开你，我不知道跟谁说。邵清晨把邝新良的头抱在怀里说，你真让人心疼。我嫁给你好不好？

认识邵清晨之前，邝新良不是没有女人，他不缺女人喜欢。那些女人，交往的时间都不长。最后，还是散了。不是他不想结婚，不想要个孩子，有个自己的家，他做梦都梦到过。主要的障碍是邝新燕，她不想邝新良结婚。她对邝新良说，你要是结婚，我就去死。刚开始，邝新燕这么说，邝新良以为她在开玩笑。有次，邝新良带新交的女朋友和邝新燕一起吃饭。吃完饭，邝新良送女朋友回家。等他回到家，发现邝新燕站在门口。他问，你怎么来了？邝新燕说，怎么，我还不能来了？我哥哥家我不能来？邝新良头有些大，他说，能，怎么不能，就是有点意外。进到屋里，邝新良给邝新燕倒了杯茶问，今天怎么不出去玩？邝新燕说，没心情。邝新良问，谁惹你了？邝新燕说，你惹我了。邝新良说，我怎么惹你了？邝新燕突兀地问了句，她是你女朋友？邝新良说，你说哪个？邝新燕说，你别装糊涂了，晚上一起吃饭那个。邝新良点了点头说，嗯。邝新燕说，你想和她结婚？邝新良又点了点头。邝新燕叫了起来，我不同意！邝新良说，你怎么了？就算我结婚了，我一样可以对你好啊。邝新燕说，我不准，你要是结婚，我死给你看。说完，冲进厨房，拿出一把水果刀，刀尖对着心脏，冲邝新良叫道，我不准你结婚，我也不结婚，有我陪你还不够吗？邝新良说，你把刀放下！邝新燕说，那你答应我！邝新良说，好了好了，我不结婚，你把刀放下。等邝新燕冷静下来，邝新良说，你这是干吗？邝新燕说，反正我不乐意，我哥哥要疼我，不准娶别的女人。说完，对邝新良说，你交女朋友我不管，你要娶别的女人我死给你看。

邝新良一次又一次犯同一个错误。大学毕业不久，邝新良从富宁街搬出去，租了个小套间。他不愿意待在家里。每次回家，邝倬文都会问他要钱，一会是身体不好，要钱吃药；一会是家里开销大，希望邝新良支援一下。他说，我养你这么多年，供你读大学，你不能没良心。你看，为了供你读大学，弟弟妹妹都没有读书。真的是因为他，弟弟妹妹才没有上大学吗？他们得读得进去才行。但没办法解释，也说不清楚，所有的问题都归到他头上——是他剥夺了弟弟妹妹读书的权利。否则，出人头地的应该是弟弟妹妹，而不是他。一开始，他忍着。后来，有一天，他和邝倬文吵了起来，他说，你搞清楚，这和我没关系，他们能不能上大学和我没关系，我什么时候有决定权了？这些年，我对你怎么样，你心里有数，我问心无愧。邝倬文气得浑身发抖，他指着邝新良说，邝新良，你良心让狗吃了！你亲爹亲妈不要你，把你扔了，要不是我把你捡回来，把你养大，你早就死了，说不定给狗吃了。要知道你这么没良心，我不该养你，让你给狗吃了算了。邝倬文骂完，邝新良眼泪下来了，他觉得他真的不如一条狗，他这条命是他们捡回来的，这辈子还不清了。邝新良摔门走了，邝新燕追了出来。她跟了邝新良三条街。那天晚上，邝新燕陪邝新良喝了很多酒。喝完酒，邝新燕扶邝新良回出租屋，给邝新良擦好身，换好睡衣。邝新燕对邝新良说，哥，就算全家人对你不好，我对你好。

邝新燕成了一个符号，一个替代品，她缓和了邝新良隐蔽的仇恨。邝倬文死后，邝新燕说，哥，我要嫁给你。邝新良说，不行，你是我妹妹。邝新燕说，其实我们什么关系都没有，你就当我是童养媳呗。邝新良说，不行，我接受不了。邝新燕说，那我这辈子不结婚，我也不准你结婚。邝新燕说到做到，她出去玩，她谈恋爱，但从来不提结婚的事。邝新燕带男人回家，邝新良不喜欢，他说，你能不能找个像样的男人？邝新燕说，像样的男人会要我吗？再说，我又不准备结婚。邝新良说，那你也别糟蹋自己。邝新燕笑笑，你心疼了？

我是个有罪的人，邝新良对邵清晨说，我配不上你。邵清晨笑了起来，我也有罪，可我还是想嫁给你。邵清晨拉了拉裙摆说，我想回房间了。邵清晨打开灯，邝新良把灯关上。他在黑暗中抱着邵清晨，摸索着脱掉邵清晨的裙子，把她压到床上。邵清晨紧紧抱着邝新良说，我爱你，我心疼你，我要嫁给你。邝新良用力地进入邵清晨的身体。他想，如果在那一刻死去，他所有的罪也会跟着一起死去。

殊途旅馆

三年前的七月三号，王思冕第一次坐在这张桌子前。如果没记错的话，那天，她穿的是碎花的过膝长裙，扎着马尾辫，喷了很淡的香水。她的脸是光亮的。和她一起进公司的还有六个几乎同龄的男女，他们挤在人事科灰黑色的沙发上，略有些紧张。有人给他们倒了杯水，让他们先坐一会。这一坐便是一个多小时，接着有人拿了表格给他们填。填完表格，人事科科长走过来说，我带你们去各个科室走走，认识一下。他们礼貌、小心谨慎地跟在人事科科长后面，鞠躬、微笑，接受同事们的检阅。

回到办公室，科长指着一张空桌子对王思冕说，以后，你就在这里办公了。那是一张白色的桌子，和电视里看到的一样，同事们都躲在一个个小方格里。桌子擦得一尘不染，台面上的电脑也是崭新的。王思冕打开电脑，一整天，她都在看文件，手足无措，不知道该干什么。好几次，她抬头看看周围，同事们埋头待在格子间里，很少走动，几乎不说话，雕像一般。四周沉寂如同无人，没人知道他们到底在干什么。挨到下午四点，科长走过来敲了敲王思冕的办公桌说，晚上公司组织新入职员工聚餐，你不要走。

吃的是火锅，王思冕猜不出来，到底是谁的主意，这么热的天去吃火锅。尽管开了空调，房间里还是很热，火锅的热气随着风向不停摆动，吹到王思冕的脸上、胸前、手臂上，一阵凉，一阵热。刚开始，新员工还有些拘谨，几杯酒下去，他们放松下来，老练地给领导敬酒，说以后还请多多指教等类似的话。饭吃到夜里十一点才散场，王思冕喝得晕晕乎乎的，她的酒量不算小，如果单喝，不会落下风。问题在于领导抿一口，她得喝完，领导说谁和谁喝一杯，她得喝。其他的新员工都很积极，她不能表现得落后，毕竟是要在这里混的，江湖的规矩，她懂。回到家里，王思冕闻了闻身上的味道，浓烈的花椒味混杂着牛油味。她把裙子脱了，洗了个澡，反反复复洗了三次头发。她不喜欢吃火锅，尤其讨厌身上沾着火锅味。早知道要去吃火锅，她就不会穿碎花裙子了，前几天刚买的，花了差不多两千。裙子算是废掉了，洗多少次都洗不回来。

一晃，在这张桌子前坐了三年。她从刚入行的菜鸟变成了半个老油条，之所以是半个，仅仅因为她还做不到完全接受这种循规蹈矩的生活，或者说工作。桌子还是那么干净，像她刚入职那天一样，只是她变得有些旧了。这三年，和三年前似乎没什么区别，她还是一个人。其间，谈过一次恋爱，分了。昨天晚上，她喝酒了，和陈思嘉，她大学同学。陈思嘉在深圳，大学一个宿舍的。她们的关系说不上太好，也说不上差，女生之间的关系看似亲密，深度却是有限的。每次陈思嘉来找她，原因都一样，她失恋了，想找个人陪陪，只有她是最方便的。三年里，陈思嘉找过她四次，这意味着陈思嘉至少失恋了四次，深圳分手的速度到底和小城不一样。王思冕偶尔会羡慕陈思嘉，尽管陈思嘉把她的生活描述得惨不忍睹，说压力大到爆炸，可从她的精神状态能看出来，她很享受。多换几个男朋友，也许是种不错的体验。喝完酒回家，王思冕抱着陈思嘉睡的，她握着陈思嘉的乳房，又大又结实，她的小腹平坦光滑。聊了会儿天，王思冕说，我真想是个男人。陈思嘉说，男人有什么好的，没一个好东西。

中午下班前，王思冕给陈思嘉打了个电话，起来没？陈思嘉说，早起来了，我在练功。王思冕说，一会一起吃饭。见到陈思嘉，她春风满面地坐在对面，完全不像失恋了。王思冕喝了口橙汁说，你这哪像失恋？不哭不闹，也不诉一下衷肠。陈思嘉切了块牛排塞进嘴里说，我犯得着为那傻逼哭哭啼啼？王思冕说，那你也别每次到我这混吃混喝，我穷着呢。陈思嘉笑了起来说，你就别哭穷了，你那土豪单位，谁不知道啊。说完，补了句，我辞职了。王思冕一点都不觉得意外，陈思嘉每失恋一次就辞职一次，似乎她失恋是因为工作的关系。王思冕随口搭了句，辞了也好，换个环境。陈思嘉问，你去你们公司三年了吧？王思冕说，到今天刚好，整三年。陈思嘉说，你还真挺有耐性的，没想过换个单位？王思冕说，换什么单位，我能去哪？我会干吗？陈思嘉说，除开你们那，去别的地方能死啊？干什么不是干。王思冕也不是没想过辞职，始终没下定决心，这份工作清闲，收入不错，在小城让人羡慕，像她这样的姑娘，怕是很难找到更好的工作了。创业她是没有那勇气的，也吃不了那个苦。即便这样，王思冕还是会心慌，她偶尔会羡慕陈思嘉，她自由奔放得像一只鸟。自己呢，就像一条鱼缸里的鱼，每天看到的都是重复的风景。她必须忘掉，才有重来一天的勇气。读大学那会，两个人没多大区别，工作几年，分化日益明显。以后的事情，不敢再想了。她很怕有一天，陈思嘉朝气蓬勃地出现在她面前，带着新交的男朋友，而她已成为大腹便便，整天围着老公孩子转的中年妇女。

回到办公室，王思冕喝了杯茶。同事们还在低头工作，没人知道他们在干什么。来公司三年，王思冕知道他们的工作非常简单、程序化，他们每天坐在那里，脑子空空荡荡。她也是其中一个。为什么我不能像陈思嘉那样？这个想法猛烈地蹦了出来，像是一根一直压着的弹簧突然松开了一样。我并不喜欢这种生活，对不对？我不喜欢。是的，我不喜欢。陈思嘉比我漂亮？比我有钱？比我能力强？不，不是，只是我们去了不同的地方，找了不同的工作。我过得比陈思嘉好吗？王思冕想了一会，答案让她失望，她觉得并不比陈思嘉好。大学毕业后，她应父母要求回到小城，进了父母梦寐以求的公司。刚进公司那会，父母见人都是眉开眼笑的，费了那么多力气，他们终于把女儿的后半生安排好了。有了这份工作，他们不再担心女儿的婚姻和未来。凭王思冕的相貌、学历和单位，会找到一个前途无量的年轻人，然后结婚、生孩子，开始计划中的生活。王思冕看着周围的同事，想起他们的家庭，门当户对，志得意满，只要他们愿意，每年可以来一次欧洲游。这就是她未来的生活。王思冕突然伤感起来，几乎无法克制，她想哭，她似乎看到二十年后的她坐在办公桌前。她微胖、富态，手脚圆滚滚的，熟练地和同事们交流最新款LV的价格。她充满渴望地看着王思冕，向她招手，你过来，你过来，我就是你。她要哭了。

等缓过神，王思冕站起身，她的胸腔剧烈地起伏，她觉得有些话必须现在说出来，要不然，又会失去勇气。王思冕绕过办公台，敲了敲科长办公室的门，科长从电脑前转过头看着她问，有什么事？王思冕咬了下嘴唇说，我想辞职。科长愣了一下，起身关上门说，你刚才说什么？王思冕重复了一遍，我想辞职。科长点了根烟说，你是不是遇到什么事了？王思冕摇了摇头说，没什么，不想干了。科长说，总得有个原因吧？王思冕说，我有点害怕，没有安全感。科长说，你指的是工作？王思冕点了点头。科长说，我们这工作还没有安全感？王思冕说，我说的不是工作本身。科长说，我明白你的意思，都有个适应期，过了就好了。科长的意思王思冕懂，王思冕在公司能说话的人少，科长算是一个。科长中大硕士毕业，来公司八年，平稳上升。业务方面他从不操心，也没什么好操心的，他现在的主要工作是玩游戏、带孩子。刚进公司，王思冕听人说，科长在中大是学校书画社社长，写得一手好字，他的油画据说还参加过级别不低的展览。王思冕害怕的正是这个。想到这，王思冕问了句，你还画画吗？科长说，早就不画了。王思冕说，我想辞职。科长把烟头掐灭，不耐烦地说，行了，这样吧，我先放你一个礼拜的假，回来了再说。王思冕还想说什么，科长把头扭到电脑前面说，先这样，你去写个请假单。

回到公寓，王思冕把下午的事情对陈思嘉说了。陈思嘉叫了起来说，好啊，辞就辞嘛，多大个事，哪用得着那么纠结。我们先出去玩一圈，回来再说。过了那股劲，王思冕有点后怕，她皱了一下眉说，我要是真辞职了，你说我能干吗？陈思嘉说，想那么多干吗，世界之大，哪容不下老娘。王思冕说，我还是有些担心。陈思嘉抱着王思冕说，宝贝，你才多大？二十五，你才二十五，你怕什么呀？ 你是不是在这把脑子给待坏了。 松开王思冕，陈思嘉说，赶紧想想，想去哪玩，我们一起风流快活去。 大理？ 丽江？ 还是阳朔？ 或者去拉萨？ 艳遇之都啊，我要艳遇！ 陈思嘉兴奋起来，催着王思冕订机票。 王思冕说，你定，我去哪都行。 她想，去他妈的，反正有一个礼拜的假呢，先玩了再说，要死要活先不管了。

到伏安古镇全程八个小时，她们转了三次车，不算远，也不算近。 王思冕的主意，陈思嘉说去大理、丽江、阳朔或者拉萨，王思冕不想去，都去过了，太热闹，也太折腾。 她想起了伏安古镇，上次是和男朋友一起去的，一年多前。 伏安古镇靠山近水，和其他的古镇一样，不外乎狭窄长长的街道，沿街都是古老的建筑，远不过晚明。 镇上人不多，白天多数店面关着门，晚上开的不过刚刚过半。 镇子完全被荒凉的村野包围，镇政府离古镇大约一公里，隔着一条河。 从伏安古镇到镇上得穿过一座桥。 和男朋友来的那次，他们对古镇有些好奇，太突兀了，突然冒出这么一个古镇，和周边完全搭不上调。 问过老人家才知道，很多年前，这里是水上交通要道，西南的盐商、布贩从这里去中原。 后来，商贩就近建了房子，半是居住，半是店铺，久而久之成了个镇子。都没人了，年轻人都走了，剩下的全是老弱妇孺，要不就是外地的生意人，老人感叹说。王思冕说，多好的地方。她是真心喜欢的，青山绿水，一到夜晚，河边的灯亮起来，树影婆娑。她和男朋友躲在桥洞里接吻，那是多么美好的亲吻，四周寂静无人，河面碧彩，微风徐来。她想，有这么美好的亲吻，他们会相爱一辈子。在镇上的几天，她的心是软的，身体里涌动着整个春天。这么好的地方，一开发就可惜了，王思冕说。老人鼻子里哼了一声，开发？领导倒是这么想，穷乡僻壤的，吃没吃喝没喝，坐个车都不方便，哪个来？王思冕笑了起来说，我来，我喜欢这儿。老人看了她男朋友一眼，宽厚地笑了起来，也就你们这些谈恋爱的过来。临走，王思冕买了老人一斤姜糖。回到家，糖还没吃完，她和男朋友分手了。

王思冕和陈思嘉拖着行李箱，古镇街道铺的是青石板，几百年的打磨，青石板油光水滑，要是下雨，怕是能照出人影子来。陈思嘉边走边埋怨，王思冕，你到底想干吗？到这鬼地方干吗？人都见不到。王思冕安慰陈思嘉说，这是白天，晚上就有人了。镇上有几家酒店，王思冕不想住在镇上，她想住在伏安古镇，不要像一个游客。古镇里面有三家民宿，藏在临街店铺后侧，上次来他们也住在那里。找到地方一看，还是三家，只是名字换了，看来这里的生意真不好做。她看到了那棵高大的柿子树，似乎就在昨天，她坐在挂满果子的树下喝酒，一杯一杯的啤酒带着浓郁的麦香味，树上满是红灿灿的果子。王思冕问，这柿子甜吗？过了一会，旅馆老板拿了两个柿子过来说，送给你。柿子晶莹有光泽，王思冕都不忍心剥开它。那么甜。站在巷子口，陈思嘉问，住哪家？王思冕的视线从柿子树上收回来说，就这家吧，都差不多。只要不住在柿子树那家，哪家都行。三家民宿都小，多的不过五六个客房，万一睡在上次那张床上，怎么也睡不好了。

从外面喝酒回来，王思冕认真看了看三家旅馆的名字，一家如归，一家殊途，住过的那家叫春分。以前似乎不叫这个名字，具体叫什么，王思冕忘了，谁会记得一家旅馆的名字呢？春分，这名字真好，到了春天就分手。她们现在住的叫殊途，王思冕莫名地觉得有些意味深长。刚才，她和陈思嘉去了桥上，她指着桥洞说，上次，就在那，我还亲嘴呢。陈思嘉笑了笑说，犯贱。说完，看着王思冕说，这地方太不好玩了，想找个男人浪一下都难。她们喝了不少酒，镇上冷冷清清，如果是周末，可能会热闹一些。

回到旅馆，两个人坐在院子里抽烟。王思冕平时不抽，容易呛着。喝了些酒，她想抽几根。里面的灯亮着，住进来有一会了，她们还没有在里面好好转转。在院子里坐了一会，有人走了过来说，外面凉，到里面坐吧。陈思嘉的眼睛亮了起来，她说，我们想喝酒。挪到屋里面，他拿了一打啤酒说，我叫赵毅阁。他像是不好意思一样补了一句，这个旅馆是我开的。王思冕看了看赵毅阁，方脸，短发，络腮胡，眉毛粗大。很快，他们喝完了一打，又喝了一打。陈思嘉看赵毅阁的眼神，赤裸热闹，她几乎要靠到赵毅阁的怀里了。陈思嘉拿起赵毅阁的手，要给他看手相。她把手贴在赵毅阁的手上，叫了起来，你手怎么那么大！又将手指从赵毅阁的手心勾滑过去说，你的手好软滑，像女人的手，肯定没干过什么活。赵毅阁喝了口酒，和王思冕碰了下杯说，小嘉喝多了。王思冕扫了陈思嘉一眼，她大约是有点多了，但肯定没醉，她清醒得很。舔了口酒，王思冕说，没事，她酒量大，你肯定喝不过她的。陈思嘉悄悄给王思冕坚了个大拇指。又喝了半打，王思冕说，我醉了，我要回房间了。赵毅阁说，我送你。王思冕说，不用，你好好陪小嘉。

回到房间，王思冕洗了个澡，顺便洗了头发。喝得不少，洗完澡，她身上微微发热。在床上靠了一会，她听到有人敲门。打开门一看，陈思嘉歪歪斜斜地挂在赵毅阁身上。赵毅阁说，不好意思，小嘉真是喝多了，麻烦你照顾下她。王思冕皱了皱眉。两个人把陈思嘉放在床上，脱了鞋子。王思冕说，不好意思，麻烦你了。赵毅阁说，没事。说完，笑了起来说，小嘉挺好玩的。王思冕说，她是挺有趣的。刚刚关上门，她听到床上有响动，陈思嘉坐了起来。王思冕说，就知道你没喝多，装死。陈思嘉点了根烟说，妈的，一晚上的酒白喝了。你说他是傻逼了，还是性无能？王思冕说，要不，我另外开间房？陈思嘉说，狗屁，他是老板，他没房间？老娘都勾搭一晚上了，就差脱衣服了，都这样了还不知道带老娘回房间为所欲为。禽兽不如啊，简直禽兽不如。王思冕笑骂道，你不是失恋了吗？这么快就走出失恋的阴影了？陈思嘉叫了起来，就是失恋了才要报复社会，我要男人，我要艳遇！她脱了衣服，一丝不挂地躺在床上，摆了个性感的姿势说，宝贝，要不要？要不要嘛？王思冕给她盖上被子说，别闹了，睡觉！

她们一直睡到中午才起床，活生生被饿醒的。走到院子里，赵毅阁正拿着水壶给花浇水，见王思冕和陈思嘉出来，他扭头说了声，起来了，饿了吧？陈思嘉没理他，王思冕说，嗯，正准备出去吃点东西。赵毅阁放下水壶说，我让人给你们煮了点小米粥，喝了那么多酒，吃点粥舒服些。王思冕说，那怎么好意思。赵毅阁说，没什么不好意思，我自己也要吃的。吃完粥，陈思嘉眼神又活泛起来，她问赵毅阁，你们这有什么好玩的？赵毅阁想了想说，也没什么好玩的，古镇都是这个样子，看看房子，买买东西，喝喝酒。哦，如果觉得无聊了，去河边走走，虽然没什么特别的，散散步还是不错的。陈思嘉努了努嘴说，昨天晚上去过了。赵毅阁说，晚上和白天不一样的。不过，好像大家更喜欢晚上去。陈思嘉托住下巴，看着王思冕说，都怪你，我说去丽江，去大理，你非得来这个破地方。赵毅阁从上到下扫了她们一遍，又弯下腰看了看她们的脚。陈思嘉收了一下腿说，看什么看，大色狼。赵毅阁笑了起来说，你们都没穿高跟鞋，去后山逛逛倒是不错。陈思嘉问，后山有什么好看的？赵毅阁说，有个溶洞，去的人少，还没开发。我去过几次，觉得还不错。说完，像征求意见一样看了看王思冕说，要不要去看看？王思冕说，你带小嘉去吧，我去河边走走。

赵毅阁说，一起去吧。王思冕看了陈思嘉一眼，陈思嘉说，一起去啦，河边你都去过多少回了。

从旅馆去后山不远，山是青灰色的石灰岩构成，长满高高低低的小树，路不难走，陈思嘉和赵毅阁走在前面，王思冕跟在后面。走到溶洞口，陈思嘉抓住了赵毅阁的手，紧张的样子。赵毅阁看上去有些尴尬，还是任由陈思嘉握着。王思冕嘴角带着不易觉察的笑意，她想看看接着会怎么发展。不用猜也能知道，赵毅阁最终肯定会被拿下，正常的男人很难抵挡漂亮姑娘的进攻，何况陈思嘉还有一对如此饱满的乳房。溶洞口不大，阴森森的，赵毅阁拿手电往里面扫了扫说，洞挺大的，里面也平坦，不比山路难走。王思冕说，安全吗？会不会缺氧？赵毅阁说，不会，我去过几次，不深，另一头是悬崖，有个大平台，站那可以看到河道走向。赵毅阁扭头对她俩说，我在前面带路，你们跟着，要是害怕就和我说，我们往回走。王思冕去过几个溶洞，开发得五光十色，像是在夜总会里。这种没开发的野洞，她还是有点害怕，总觉得里面会有点什么，比如蝙蝠之类的。恐怖片经常这么拍，几个青年男女去溶洞，成群的蝙蝠尖叫着从头顶飞过去，总会有人死在里面。她还犹豫着，赵毅阁已经往里走了，陈思嘉跟在后面，她硬着头皮进去了。没了灯光的修饰，溶洞没什么好看的，石钟乳、石柱、石笋全是灰白色，偶尔会有滴答滴答的水声。王思冕边走边想，如果配上灯光，应该也很漂亮。溶洞像个姑娘，也是要打扮的。走到中途，赵毅阁停下来说，见证奇迹的时刻到了。他指着溶洞上方说，你们顺着手电光看。他举起手电，横着从溶洞上方扫过去，王思冕看到奇异的反光，一点一点，像星星在瀑布里闪烁。赵毅阁扫得很慢，王思冕承认她被眼前的光镇住了，她在溶洞里看见了银河。那么近，似乎触手可及。王思冕闭上眼睛，又睁开，光，不可思议的光藏在溶洞里。她有种强烈的孤独感，觉得整个人在上升，成为银河的一部分。王思冕坐了下来，赵毅阁和陈思嘉也坐了下来。关了手电，除开清脆的滴答声，只剩下他们的呼吸。在黑暗中，她能感觉到陈思嘉靠在了赵毅阁的肩膀上。一只手伸过来抓住了她的手，王思冕挣扎了一下，那只手抓得更紧，她的手松弛下来。过了一会，那只手松开了，接着，把一个什么东西塞到了她手里。手电再次打开，他们看到了更灿烂的银河。

从后山下来，天微微黑了。回到旅馆，赵毅阁说，我做几个菜，随便吃点吧。陈思嘉去厨房帮忙，王思冕一个人坐在院子里。她抬头望了望天空，月光皎洁，她的影子斜斜地躺在地上。王思冕从口袋里掏出那个东西，一个玉观音。也许是塑料的，或者是最低劣的玉，它看上去像一块玻璃。想到赵毅阁，王思冕微笑着摇了摇头。晚上又喝了不少酒，趁着陈思嘉上厕所的间隙，王思冕问了句，你开这个旅馆不赚钱吧？赵毅阁说，为什么这么问？王思冕碰了下杯说，没什么，随便问问，感觉吧。坐了一会，王思冕说，我累了，先回房睡觉了。回到房间，她把玉观音放在手袋内侧的小袋里。晚上，她醒了三次，十二点，凌晨两点，凌晨四点。她身边是空的。

早上，王思冕起得很早，一个人去镇上转了一圈。远方的山上还有雾气，河水依然平静。她走到桥洞里面，双手紧紧地抱在胸前，眼泪终于不争气地流了下来。她甚至想拿出手机打个电话，只为了告诉某个人，她又站在这里，一个人。回到旅馆，太阳升得很高，柔和的光铺在院子里，洁净透亮。王思冕泡了杯茶，点了根烟。大约过了一个小时，她看见陈思嘉牵着赵毅阁的手走了过来，动作自然，仿佛他们已经认识一百年了，正准备结婚。在王思冕对面坐下，陈思嘉说，这么早起来了？王思冕喝了口茶说，一个人睡不着。陈思嘉的脸居然红了一下，赵毅阁问，你吃早餐没？王思冕说，吃过了。赵毅阁站起来，把手放在陈思嘉肩上说，我去煮点面。等赵毅阁走开，王思冕笑着对陈思嘉说，终于得手了，恭喜。陈思嘉双手握着拳头，做了个鬼脸。

接下来的几天，王思冕是一个人睡的。白天，他们三人一起出去玩，走遍了附近的山水。晚上，回到院子喝酒，喝完，各自回房睡觉。有天晚上，他们一直喝到深夜，陈思嘉说，我困了，我想睡觉。王思冕说，睡吧，我再坐一会。陈思嘉拍了拍赵毅阁的腿说，我要睡觉了。赵毅阁说，我想再喝两杯。陈思嘉撒娇说，不嘛，我要睡觉了。说完，拉起赵毅阁，手揽住了赵毅阁的腰。赵毅阁回头看了王思冕一眼说，那你继续坐会，要什么跟服务生讲。他眼睛里有些东西，陈思嘉没看到，王思冕看到了，她不想看到。王思冕摆摆手说，去吧，去吧，春宵一刻值千金，别在这浪费钱。陈思嘉搂着赵毅阁，一边走，一边拍着赵毅阁的屁股。王思冕想起了溶洞中伸过来的手，还有那块玉观音。

临走那天，王思冕去前台买单，服务生说，不用了，老板有交代，免单。王思冕说，不，不行，一定要买单的。陈思嘉说，算了，老赵都交代了。王思冕说，不行。买完单，收拾好行李，王思冕对陈思嘉说，赵毅阁不来送你？陈思嘉说，谁要他送。王思冕说，还真是提上裤子就不认人了。陈思嘉说，不是，老赵说要来送我，我不让他来。王思冕说，果然是戏子无义，婊子无情。陈思嘉说，你懂个屁。说完，眼睛红了，想哭的样子。王思冕赶紧搂住陈思嘉说，好了好了，逗你玩呢。陈思嘉揉了揉眼说，你干吗一定要买单？王思冕说，我想多了。陈思嘉说，你是不是觉得我很贱，拿肉换钱？王思冕没说话。陈思嘉叫了起来，就你有钱，就你有自尊，就你有爱情。王思冕说，好啦好啦，我错了，我现在去把钱要回来好吧？陈思嘉说，狗屎，给了的钱还能要回来啊。

送走陈思嘉，王思冕回到了日常的生活轨道。陈思嘉拖着行李走进车站时，王思冕抱了抱陈思嘉，在她脸上亲了一口说，保重。她站在原地，看着陈思嘉进站，上车，直到影子也见不到了。从伏安古镇回来，王思冕再次安静下来，她看到熟悉的生活、熟悉的城市和人群。她在其中，蝼蚁如尘，谁会在乎一只蝼蚁的感受。她生来就不是那种激烈的人，如果真是，一开始就不会回到小城。既然回来，那意味着她已经接受了被安排的命运。每年一次或两次的长途旅行，那是生活的意外，或许也是被安排的一种，它像镇静剂，让你还有接受这种生活的勇气。

办公室还和以前一样，她的桌子还是那么干净。见王思冕回来，科长说，你到我办公室一下。进了办公室，科长说，没事了吧？王思冕低着头说，没事。科长点了根烟说，我懂你的感受，其实吧，没什么好折腾的。我倒不是教你庸俗的人生哲学，时间长了你就明白了，你再怎么折腾，也没什么意思。王思冕说，我明白了。科长说，明白就好。王思冕说，我不辞职了，谢谢你。科长说，那就好，干活吧。回到办公桌前，王思冕给陈思嘉发了个信息，我又坐在办公桌前了。陈思嘉回了简洁的三个字，我知道。王思冕说，你是不是很鄙视我？陈思嘉回，傻瓜，我们是闺蜜，你都不知道我有多羡慕你。看到陈思嘉的信息，王思冕苦笑了一下，她打算继续看看娱乐新闻。她知道香港娱乐圈的各种八卦，几乎知道所有艺人的名字。如果她不知道，那只能说明这个艺人实在是太没有名气了。

刚回来的那个月，赵毅阁给王思冕发过几次信息，王思冕礼貌客气地回复，她还记得那只握住她的手。

这不过是一次普通的旅行，简单得不能再简单的旅行插曲，随便翻开一本书，类似的烂俗故事一堆一堆的。过段时间，她会把这事忘了。

接到赵毅阁的电话，她有点意外，两个多月了，他应该早忘了。古镇虽然冷淡，也不至于缺一拨又一拨的姑娘，像她这样普通的姑娘，不值得让人惦记那么久。电话铃响起时，正是一个漫长的午后，她睡意沉沉，想着晚上去哪吃饭。她以为他在伏安古镇，午后无聊了，随手翻开电话，找个姑娘消遣一下。他说，我到你这了。王思冕说，别开玩笑了。赵毅阁说，真的，晚上有空一起吃饭不？王思冕说，你别骗我。赵毅阁发了个地址，又拍了几张图，说，现在信了吧？图片上是王思冕熟悉的街景，他是真的来了。想了想，王思冕说，好啊，你定地方。下班，王思冕没急着赴约，她回家换了套衣服，又洗了个澡，刮了刮腋毛腿毛。她穿上了她喜欢的碎花长裙，镜子里的她腰身苗条，脸上光滑细腻。她喷了香水，淡淡的，要近身的人才闻得到。看到赵毅阁，王思冕心跳了一阵，很快，平复了下来。她想，赵毅阁也许不是过来找她的，他只是凑巧路过，顺便看看她。

吃完饭，还不到晚上八点，他们喝了点酒，微醺，算不上多。时间不早不晚，王思冕还不想回去，她说，我请你看电影吧。赵毅阁说，算了，跑大老远的看个电影，我还不如回房间睡觉呢。王思冕说，那我请你喝酒吧。赵毅阁笑了起来说，这会酒吧还没开门吧？王思冕看了看手机说，是早了点。赵毅阁说，要不去我房间坐会？就在楼上。王思冕说，不太好吧？赵毅阁站起来，拉住王思冕的手说，走吧，没事的。王思冕脸红了一下，似乎是她想多了。进了电梯，王思冕抽出手，双手交叉揉了揉，又掐了掐自己的胳膊。进了房间，关上门，开了床前的小灯，房间发出柔和的黄光。赵毅阁看王思冕的眼神温暖甜蜜，王思冕避开赵毅阁的眼神，低头坐在沙发上，玩着手指甲。指甲油有点花了，该重新涂了。赵毅阁靠了过来，他的腿碰到了王思冕的腿。赵毅阁侧脸看着王思冕的耳垂，吸了口气说，我喜欢这个味道。王思冕说，是吗？赵毅阁说，像是你身上的味道。他的手从王思冕肩上绕了过来，搂住了她。王思冕肩膀抖了一下说，我去下洗手间，有点热。进了洗手间，洗过手，她擦了下脸，太热了。她对着镜子里的自己说，挺住啊，一定要挺住。等她从洗手间出来，发现赵毅阁站在门口，她推了推赵毅阁说，你干吗？赵毅阁一把抱住了她的腰，脸贴了过来说，我想你了。说完，在她脸上亲了一口。王思冕推开赵毅阁说，你别这样。又问道，你和小嘉有联系吗？赵毅阁说，有。王思冕说，小嘉挺好的。赵毅阁说，嗯，是挺好的。

重新在沙发上坐下，赵毅阁像是想起了什么。他从口袋里掏出玉观音说，我在你们房间发现的，我送给你的，为什么不要？嫌丑？王思冕说，我觉得不是我的。回来之前，王思冕犹豫了一下，把玉观音放在了房间的抽屉里，同时放进去的还有六百块钱。房费是买单了，在古镇几天，他们吃吃喝喝几乎都是赵毅阁买单的，她不想欠这个人情。陈思嘉买不买单是她的事情，她这一份，她得给。赵毅阁说，如果我再送给你，你要吗？王思冕说，不要。赵毅阁问，为什么？王思冕说，不是我的东西我不要，不是我的人我不争。说完，王思冕笑了起来，你买了多少个玉观音？一百个有没？赵毅阁说，就一个，随身戴了好些年了。我想吧，有天碰到合适的姑娘，就当定情信物了。王思冕不自然地转过脸说，我不信。又问，你那旅馆不赚钱吧？赵毅阁说，你是不是觉得我整天在那泡妞？王思冕说，难道不是？赵毅阁说，如果我告诉你真不是，你会怎么想？王思冕说，我不信。赵毅阁伸手抱住王思冕说，我想要你，可你不要我。王思冕挣扎了一下，赵毅阁把她抱得更紧了。她能听到赵毅阁的呼吸急促起来，他抱着她的手微微有些抖，王思冕身心软了下来。赵毅阁的嘴唇贴在了她的嘴唇上，手伸进了她的裙子。

进房间之前，王思冕想过这些，都是成年人，可能会发生些什么，她知道。等她发现她在回应着赵毅阁的亲吻时，赵毅阁已经握住了她的乳房。眩晕，身体里的蜜蜂让王思冕想继续下去，她是喜欢的，甚至做好了准备。王思冕从赵毅阁的挤压中挣脱出来，理了理头发和裙子说，不要，还是不要了。赵毅阁说，怎么了？你不喜欢吗？王思冕说，不是，我觉得不好，特别不好。赵毅阁说，没事的。王思冕用力地摇着头说，太奇怪了。赵毅阁说，怎么奇怪了？王思冕说，我老想到小嘉。说完，摸着赵毅阁的脸说，我们不要这样，好吗？感觉太奇怪了。赵毅阁说，嗯，我就抱抱你。

一个晚上，两人没怎么睡觉。王思冕想回家，赵毅阁一次次地求她，让她不要走。她不知道自己为什么会留下来。天终于亮了，王思冕松了口气，她从来没有如此渴望天亮。王思冕拉开窗帘，清晨的阳光清新明亮。赵毅阁靠在床上望着她，满是渴望、期待。一个晚上，他们纠缠在一起。赵毅阁一次又一次地想要她，她像小野兽一样挣扎、反抗，弯着腰，紧绷着身体。她完全可以回家，那么，一切都结束了，不用那么费劲。如果她真要回家，她相信赵毅阁不会为难她。但她没有，她躺在床上，挣扎，反抗，不让赵毅阁进入她的身体。她是赤裸的，赵毅阁也是。有好几次，她差点就沦陷了，她有种想死的感觉。刷牙、洗脸，穿戴完毕，王思冕走到床边说，我去上班了，你好好睡，中午我请你吃饭。赵毅阁张开手臂说，抱抱。王思冕俯下身抱了抱赵毅阁，又亲了亲他的脸说，乖，你好好睡。走出酒店，上了出租车，王思冕一点没有虎口脱险的侥幸，相反，她有点恨自己。赵毅阁走之前给王思冕发了条短信，我是来找你的。王思冕回了一个字，哦。赵毅阁说，谢谢你。关上手机，王思冕看了看窗外，这么好的天气，适合散步、野餐，或者干脆跑跑步。她打开电脑，依然没什么事情可做。赵毅阁说，欢迎你来伏安古镇，就当是来看朋友。他牙齿洁白，有柔软漂亮的胡子。

王思冕突然很想找个男朋友，结婚，生孩子。她想，她的孩子一定不会过着像她一样的生活。王思冕偶尔会想起陈思嘉，她没有来看她，这意味着她开始了新的生活，没有失恋。陈思嘉能做的事情，她做不到，永远做不到，这可能和勇气无关，仅仅是态度，生活的态度。就在前几天，陈思嘉给她发了条微信，她说，我在伏安古镇。照片上赵毅阁背着她，她打着V字形的手势，开怀大笑。陈思嘉说，我不回深圳啦，我决定做个村妇，劈柴喂马，当街卖酒。王思冕说，你不回来，我也不离开。你看，这就是我们。王思冕心里隐隐有一点疼，她看到陈思嘉脖子上戴着一个玉观音。她相信那是一块玉，而不是玻璃。

莉莉周和她的天价代言

那是六月的一天。午后，莉莉周从午睡中醒来，头发蓬松，睡眼蒙眬，浑身上下一片松弛。和年轻时候比，她有了更多的时间，多得奢侈而不自在。她打开手机放在桌上，拉开窗帘去了阳台。从阳台望过去，清澈的蓝色海面，远处还有行驶的货轮，也许是渔船。她分不清渔船和货轮，只有远山是确定无疑的。莉莉周穿着宽松的睡衣，大约下午四点，要么更晚一点，她不关心这个问题，还不饿。坐在阳台的躺椅上，莉莉周仔细地检查了她的指甲，指甲盖上涂了透明的指甲油。和她的身体相比，她的指甲依然还有年轻的颜色，滋润明亮。她喜欢她的手指，修长秀气，那本是用来弹钢琴的。钢琴摆在客厅里，有三年的时间，她每天早晨弹上四十分钟。这两年，钢琴安静地待在客厅，像一件精美的瓷器，它似乎忘掉它能发出声音。

在阳台坐了一会，手机响了。莉莉周朝手机望了一眼，她懒得起身去接。自从搬到深圳，她的手机一天比一天响得少。偶尔响起来，也没个正事。她已经很久没有正事了。手机响了四十多秒，停了下来。莉莉周站起身，缓缓走进房间，拿起手机看了一眼，是经纪人的电话。她忍不住翻看了来电记录，在她午睡期间，经纪人给她打了四个电话。莉莉周放下手机，去洗手间刷牙洗脸。等她从洗手间出来，电话又响了，她拿起电话一看，还是经纪人的电话。莉莉周不喜欢那个名字。最近几年，每次接听他的电话总是让她不愉快。几乎每次，他在电话里唠唠叨叨地说，莉莉周，不能再这样下去了，我们都要生活，你这样让我很为难。经纪人跟了她二十多年，这二十多年，他通过她赚了很多钱，尤其是前十年。一想起这个，莉莉周一阵阵心疼，那十年，她像奴隶一样为他工作，却只能拿到收入的一小部分。那是她最好的十年。等她能拿到大部分，她的黄金时期过去了。最近这几年，莉莉周离开香港，去了深圳。她没办法继续待在香港，巨大的失落挤压着她，她从舞台的中心挪到边缘。经纪人给她接的工作，让她不满又无可奈何，女佣、老妈子，要不就是装疯卖傻的笨女人。换在十年前，不要说十年前，哪怕一年前，这些工作她都不会接的。和香港比起来，莉莉周更喜欢深圳。房子宽大，绿化也好。脱离了原来的圈子，她能够像普通人一样进入生活。和朋友一起去消夜，能认出她的人很少，她的粉丝如今四十出头，已过了热烈追星的年纪。

莉莉周接通电话，经纪人的声音从手机里传了过来。这么多年，他依然是一副让人讨厌的尖锐嗓音，生硬得像钢叉划过玻璃。莉莉周，我今天给你打了好几个电话，你都没听。经纪人语气里带有明显的不快。莉莉周换了只手，甩了甩胳膊说，我在午睡，你知道我有午睡的习惯。如果经纪人再说什么难听的话，莉莉周决定把电话挂掉。她想，她已经不需要经纪人了，他这几年给她接的工作让她充满屈辱感，去年，她甚至去过四次小公司年会。她站在舞台上，舞台背景热烈，下面的人喝酒、喧闹，她像个小丑一样站在上面唱歌。那点可怜的出场费，莉莉周全给了经纪人，她同时还拒绝了安排好的饭局。没什么事情，我挂电话了，约了朋友吃饭，莉莉周说。晚上，莉莉周想去吃烧烤喝啤酒，她能吃点辣了。以前，她不吃辣，这固然跟生活习惯有关，也出于保护嗓子的考虑。为了工作，她牺牲的够多了，这不能吃，那不能喝。说出来也许没人信，多半时候她是饿着的。经纪人说，别，你先别挂电话，我有重要的事情和你说。莉莉周带着讽刺的口吻说，你又给我接了工作？这才六月，离元旦还早呢。经纪人说，莉莉周，这次撞大运了，真的，我给你接了个代言。莉莉周愣了一下，代言？经纪人兴奋地说，是的，我们时来运转了，五百万，整整五百万。莉莉周笑了起来说，你什么时候学会讽刺人了？我好像没欠你钱。经纪人说，我知道你不信，明天我过深圳，见面谈，你不要关机。

挂掉电话，莉莉周换了套衣服。她想，也许应该去喝杯酒。经纪人说的话，她不信。即使她最红的时候，她的代言也没有超过两百万。当然，那时候的两百万和现在的两百万不是一个概念。如果有人告诉她，她的代言费要五百万，她只会觉得对方疯了。钱再不值钱，也不是这样花的，她能值多少钱，她心里有数。作为一个过气的电影演员、歌手，她现在不知道算是几线的了。挂掉电话，莉莉周出门，到楼下的西餐厅吃了一块牛排，喝了两杯红酒。她的耳边回响着经纪人说的“五百万”，这个数字让她慌张。她希望它是真的，理智又跳出来告诉她，这不可能，经纪人只是在逗她。这几年，他没从她身上赚到钱，他烦她了，她也烦他了。两个互相厌恶的人之间，说的话不可信。吃完回到家，莉莉周翻出一张老唱片塞进唱机。那会，她二十多岁，红遍港澳、大陆及东南亚，她没日没夜地工作，忙得连睡觉和谈恋爱的时间都没有。听了几首歌，莉莉周上网搜了部以前拍的片子，年轻的她真好看，素颜也比现在好看多了。莉莉周最后一次上头条是和丈夫离婚。有谁能想到，曾经的大明星会有如此不如意的婚姻，她努力维护的丈夫不过是个变态，他打她，要她看着他和小三同床。离婚耗费了她几乎所有的钱。她把房子给了丈夫，存款给了丈夫，幸好他们没有孩子，如果有孩子，恐怕孩子也得给丈夫。丈夫离开的那天，莉莉周说，你想要的全得到了，你这一生能占到的最大便宜怕是娶了我。丈夫居然笑了起来说，你也得到你想要的了，不是吗？莉莉周说，我瞎眼，不怪别人。

离婚后，莉莉周想过复出。经纪人说，莉莉周，你的时代过去了，娱乐圈你懂的，从来都是喜新厌旧，现在还有几个人记得你？经纪人暗示过莉莉周，如果她能放下身段，他可以给她安排一些饭局。他说，饭局也是机会，你是过来人，应该明白的。莉莉周去过几次饭局。桌上的男人两眼放光地望着她，几杯酒下肚，他们的表情活络起来，说起当年对她的崇拜。莉莉周微笑着，等着接下来的话。吃完饭，通常会安排唱歌。一帮人围着莉莉周，点一大堆莉莉周当年唱过的歌，仿佛她是个助兴的歌女。唱到后面，她手里多了张房卡。去过几次，莉莉周告诉经纪人，对不起，我做不到。经纪人说，不过是个游戏，何必当真。说完，补充道，你都离婚了，怕什么呢？莉莉周望着经纪人说，我虽然离婚了，可我不是妓女。经纪人说，你以为你还是当年的大明星？你以为你还是小姑娘？醒醒吧。经纪人的意思很明白，除开当年的粉丝，恐怕连愿意花钱睡她的人都没了。

莉莉周睡到早上八点才起床。等她吃完早餐，化好妆，手机响了。经纪人说，我到深圳了，我们在哪见面？莉莉周说，到我家吧，懒得出去了。说完，告诉了经纪人地址。挂掉电话，莉莉周有种不好的预感。她想，经纪人恐怕是真的有事找她，至于是不是他说的五百万，她不清楚。昨天睡前，莉莉周泡了个澡。她躺在浴缸里，望着她的身体，浸在水里的身体洁白，黄金般的质感。尽管这几年工作很少，她的身材保养得还不错，这多是出于习惯，她无法忍受身上多余的赘肉。她腰肢结实柔韧，大腿修长。由于没有生养，莉莉周的乳房不像四十多岁的妇人般松弛下垂，它饱满挺拔，生机勃勃。藏不住年龄的是眼角和脖子，细细的纹路不可避免。离婚前两年到现在，莉莉周没有性生活，她摸了摸她的下体，即使在水中，它依然是干涸的。在客厅坐了一会，莉莉周看了张碟，一个无聊的警匪片，里面的男配角她认识，他们一起配过戏，那会他还是个刚刚出道的小生。二十多年过去，一切都变了，当年的小生胖得让人认不出来，他的肚子圆滚滚的，还在卖力地滚打。莉莉周心情复杂，有些心酸，又有些嫉妒。他那么胖，还有高血压、糖尿病，这么高强度的工作，并不适合他。可不管怎么说，他还在舞台上，他还是个演员，还有观众知道他的名字，有人还喜欢他。如果她出现在某部电影里，能叫出她名字的年轻人恐怕没有几个了。

门铃响了起来，莉莉周关掉电视，打开门。经纪人站在门口，手里拿着一捧花。莉莉周说，你来了。经纪人把花递到莉莉周面前说，送给你。莉莉周闻了闻，她喜欢的香水百合，她一直喜欢这个味道。有人不喜欢，比如她前夫，他说，味道太烈了。经纪人换了拖鞋，朝四周看了看说，挺不错的。莉莉周说，还好。经纪人说，这么大的房子，一个人住不害怕吗？莉莉周笑了起来说，刚开始有些，时间长了习惯了。经纪人说，得不少钱吧？莉莉周说，和香港比不算贵。两个人在沙发上坐下，莉莉周给经纪人倒了杯水说，有什么事情说吧，大家都这么熟，不用拐弯抹角。经纪人笑了起来说，昨天电话里和你讲过了，有一个代言，五百万。莉莉周站起身说，别逗我了。经纪人说，你觉得我从香港跑到深圳只为了逗逗你？莉莉周说，为了取笑我也说不定。经纪人尴尬地喝了口水说，都是过去的事了。这次，说真的，五百万，我们中彩票了。莉莉周说，谁会这么傻？花五百万请我做代言。经纪人说，傻不傻我不知道，也不关心。我只知道，有钱赚。莉莉周想了想说，我心里不踏实，太假了，像是个阴谋。经纪人耸耸肩说，你还有什么可骗的？嗯？他的眼睛盯着她的胸部，莉莉周不自然地挪了挪身体。经纪人把眼光从莉莉周身上移开说，你想得太多了，如果人家想找个姑娘，这个价码，什么样的姑娘找不到。经纪人的话让莉莉周不舒服，他说的也许是事实，听着却让人难受，连她的身体都是被鄙视的，似乎一文不值。莉莉周忍住反感说，既然我一点利用价值都没有，还找我干吗？经纪人说，说不定对方觉得有，他愿意就行了。对了，协议草案我看过，很干净。莉莉周揉了揉眉心说，我搞不懂。经纪人说，说实话，我也搞不懂，五百万可以请到一线明星了。也许，你时来运转了。经纪人把协议放在桌上说，你看看，如果没什么问题，把它接下来，我敢肯定你接不到更好的工作了。

经纪人走后，莉莉周仔细看了代言协议，和经纪人说的一样，协议非常干净，全是常规内容，没一点过分要求。经纪人说，他们连暗示都没有。莉莉周说，正是这样，我才害怕。想了想，莉莉周还是给经纪人打了个电话说，接吧，福祸都是天意，像你说的，我也没什么好失去的了。经纪人说，别想那么多，把钱赚到手再说，你也缺钱，对不对？莉莉周没吭声。她真的缺钱，坐吃山空，何况她还没山可靠。放下电话，莉莉周又拿起协议，盯着协议上的公司名字，中山一行电器。中山离深圳不远，莉莉周去过几次，她只记得那里的温泉和乳鸽。隐约听人讲过，那里的灯、小家电闻名全国。至于一行电器，莉莉周没听说过。她上网搜索了下资料，资料显示一行电器主要生产灶具、抽油烟机、热水器。让莉莉周意外的是一行电器原来的代言人是一位非常红的男明星。她搜索了广告片，更迷惑了。论名气的话，她和那位男明星差了几个量级，她过气了，男明星正当红，电视上到处是他的广告。她想，这一定是个玩笑，不可能出这么多钱找她的。

过了半个月，莉莉周几乎要把这件事情忘了。经纪人打电话给她说，莉莉周，都谈好了，正式合同这两天到，签好合同，五百万就到手了。莉莉周问，你了解这家公司吗？不会是骗人的吧？经纪人不耐烦地说，放心，很正规的公司。你还有什么好挑的呢？你不接，大把人抢着接。不瞒你说，我推荐过别人，人家只要你。莉莉周犹豫了一下说，我想去看看。经纪人尖声尖气地说，好吧好吧，我和对方沟通一下，尽快把合同签了，省得夜长梦多。五百万，代言，这两个词刺激着莉莉周。她有多少年没享受这种感觉了？她都忘了。往事遥远，似星辰遥不可及。莉莉周望着镜中的自己，她还是不敢相信这是真的。

经纪人在楼下等莉莉周，他打了电话。等莉莉周下来，经纪人说，你今天和以前不一样。莉莉周笑了笑说，漂亮了？经纪人说，有神采。从深圳到中山，一个多小时的车程。经纪人告诉莉莉周，他和一行联系过了，不过，他想不明白，她到底有什么好担心的。莉莉周说，没什么担心的，主要是好奇。经纪人握着方向盘，皱了皱眉，像想起了什么一样问，我们一起合作多少年了？莉莉周扳着指头算了算，二十三年，还是二十四年。经纪人说，这么多年了，好像没多久似的。他扭过头看了看莉莉周说，再看看你，确实很久了，我带你入行时，你还是个小姑娘。莉莉周笑了起来说，那时你像是我爸爸，比我爸爸还狠。经纪人说，你那混蛋父亲，我和他没得比。莉莉周说，有些方面你比他狠。经纪人尴尬地笑了笑说，商业有商业的规则，再说，为了培养你，我也付出了很多成本。

这些，莉莉周不否认，没有经纪人的努力，她可能什么都不是，她被发现时还是个傻乎乎的中学生。父亲酗酒，喝醉了就打她，没轻没重，等醒过来，又抱着她哭。在她记忆中，楼道永远是黑的，不管白天还是黑夜，楼道里的灯永远不会亮。她和弟弟挤在狭窄的房间里，房间大约只有六个平方，放的上下两层的架子床。如果不是经纪人带她进入娱乐圈，她可能现在还挤在某个鸽子笼里，养一堆孩子，整天为吃喝发愁。尽管经纪人拿走了她的大部分钱，她的日子还是比以前过得好了。她和前夫恋爱，经纪人极力反对。他说，进了这个圈子，你就不应该这么单纯，你以为这是爱情，其实不是，他不过是在利用你。嫁个律师，打起官司来，毛巾你都拿不到一条。很多年，莉莉周不相信，她以为经纪人这么说只是怕她嫁人后耽误工作，害怕失去她这台赚钱机器。婚姻出问题后，她甚至不敢和经纪人说，一个人死撑着，希望终有一天前夫会明白她的苦心，会善待她。终于还是离了。她怎么能想到那个文质彬彬的律师会是个变态？为了和前夫结婚，她和经纪人翻脸，威胁要退出娱乐圈。现在想起来，都是自作自受。她的名字“莉莉周”也是经纪人取的，她原名周莉芬。经纪人说，叫这个名字永远不会成为明星。

车开到一行公司门口，莉莉周看到一条巨大的横幅——“热烈欢迎香港著名影星莉莉周女士”。莉莉周的脸有些热，她算什么著名影星，早就过气了。一行人将莉莉周和经纪人迎进公司。接待莉莉周的副总姓高，戴着眼镜，他看莉莉周的眼神游移不定，让莉莉周缺乏信任。一进公司，莉莉周注意到，这不像一家制造灶具、抽油烟机、热水器的公司。如果让她去猜，她会猜这是间文化传播公司。满墙的字画，还有办公室中庭巨大的图书馆式设计，让她找不到做厨电卫浴的证据。在办公室聊了一会，高总带着莉莉周参观流水线，又回到会议室。他对莉莉周说，我们老板给你准备了一份礼物。莉莉周说，哦，谢谢。高总说，不过，要晚点送给你，我们还安排了一个节目。他带着莉莉周和经纪人去了一楼大堂，从侧门走进黑漆漆的阶梯会议室。莉莉周吃惊地看到，前方的荧幕上正在放映她的电影《青春期杀人事件》。对莉莉周来说，这部电影具有特别的意义，正是这部电影让她成了明星，让她从一个不知名的三线演员一举跨进一线明星的行列。多少年了，莉莉周不敢重温这部电影，有太多的记忆。坐在黑暗中，莉莉周想哭，那时候的她多么年轻啊，充满了梦想。电影放完，灯亮了。高总对莉莉周说，你想和我们的员工说两句吗？他们一定很高兴的。莉莉周说，不了，太突然了。

晚饭是在公司吃的，莉莉周以为老板会来。吃饭的过程中，莉莉周心不在焉，她时不时望望门口，以为会有一个人走过来，对她说，莉莉周你好，我很喜欢你的电影。如果这样，她能找到一个解释、一个理由。要不，这太荒唐了。吃完饭，高总对莉莉周说，莉莉周女士，我们给你订了酒店，忙了一天，你也累了，早点休息。如果没什么问题的话，我们明天把合同签了。莉莉周望着高总说，对不起，我有点迷惑。高总说，有什么问题你尽管讲，能解决的我们尽量解决。莉莉周说，我想知道，你们为什么要请我做代言？你们应该很清楚，这个价格完全可以请到一线明星。莉莉周说完，看到经纪人满脸紧张。高总望着莉莉周说，你真想知道？莉莉周点了点头。高总摊开双手说，其实，我们也很想知道。讨论方案时，有好几个人选，老板都不同意，他坚决要请您做代言。无论我们怎么反对，他都不肯松口。莉莉周说，你是对的，我不值这个价。高总说，对不起，我不是这个意思。莉莉周看了经纪人一眼，对高总说，我想和你们老板谈谈。如果不能当面问问他，我宁愿不接这个代言。说完，莉莉周对经纪人说，很晚了，我想回酒店。

临走前，高总将一个礼盒递给莉莉周说，这是我们老板精心给你准备的礼物，看了你可能就知道原因了。莉莉周说了声，谢谢。她随手将礼盒放在座位边上，隐约有点失落。以前，参加各种活动，即使她不再是一线明星了，主办方的老板还是会紧挨着她，出于各种不同的目的。五百万的大单，老板亲自拍板，他似乎没有理由不出现。回酒店的车上，经纪人有点不高兴，他对莉莉周说，莉莉，刚才你为什么要说那些话？

莉莉周舒展了一下身体说，既然他愿意出那么多钱找我，他不会拒绝我的要求。回到酒店，洗完澡，莉莉周拿起礼盒，她想里面装的不外乎手袋之类的，还能有什么，想象力如果再庸俗点，说不定是张房卡。她拆开礼盒，意外地看到了她的照片，印在一本精装的纪念册上。打开纪念册，如同打开她的历史，从她出道到淡出娱乐圈，她的主要经历电影般展开。有些照片，莉莉周忘了，想不起来在哪里拍的。她最红的那几年，经常收到粉丝寄来的礼物，也有粉丝寄来精心整理的剪报，做得这么精美的从来没有过。合上纪念册，莉莉周想，他大概是一名狂热的粉丝，她是他的梦想。她曾经是很多年轻人的梦想。

晚上十二点，接到高总电话，格林正在翻西川的诗集《我和我》，作家社出版，标准诗丛。他喜欢这套诗集。此刻，他享受着他分裂的身份。白天在公司，他是企业家赵毅阁。只有到深夜坐在书房，他才是诗人格林。高总在电话里说，赵总，莉莉周说想见见你。格林“哦”了一声。高总说，赵总，有句话我不知道该不该说。格林说，有话直说，别吞吞吐吐。高总说，莉莉周似乎有点不对劲，正常来说，她能接这样一个代言，应该非常开心才对，我感觉不到。她坚持要和你见面，才肯接这个代言，我怕以后不好合作。格林说，放心，没事的，我来处理。高总的话在格林意料之中，莉莉周坚持要和他见面，有点出乎他的意料。他看了看手边的纪念册，莉莉周微笑地望着他。那时她二十来岁，年轻、漂亮，有一双湖水一样清澈的大眼睛。做这个纪念册，花了大半个月时间，还不包括收集资料的时间。纪念册一共做了两本，一本在酒店，莉莉周的床头柜上。一本在书桌上，格林的手边。

格林从书桌前站起来，走到书柜旁边，搬了把椅子，伸手打开书柜顶端的柜子，拿出一个小盒子。盒子很久没有打开了，即使放在书柜里，上面也落了薄薄的灰尘。他抽出一张纸巾，擦干净盒子，打开。里面整整齐齐地放着一捆信封，格林抽出最下面的一封，取出一张照片，照片上的莉莉周阳光灿烂。照片的背面写了行字——爱生活，相信爱情。莉莉周的签名潦草，落款时间是 1994 年。那时的格林和莉莉周一样年轻，还在读大学。二十多年过去了，照片旧了，发黄。这里的每一封信都是写给莉莉周的。那几年，格林给莉莉周写了无数封信，这些是没有寄出去的。他已经忘了里面的具体字句，大致的内容铭刻在心。一想到这个，格林的脸一阵阵发烫。他想他此生不会拆开这些信，也没有足够的勇气再去读它。如果没有莉莉周，他现在的生活究竟会怎么样，他会在哪里，他不敢想。

他想妻子应该记得一件事。他记得很清楚，那天是2005年8月13日，莉莉周到广州开演唱会，他带妻子一起去的。在那之前，莉莉周很少露面，杂志上关于她的消息越来越少，偶尔有，也是小小的一块。妻子比格林小八岁，当格林告诉她，他想去广州看莉莉周的演唱会，妻子惊讶地看着他。结婚几年，她还不知道格林有听音乐的爱好。不要说去看演唱会，作为一个生意人，他连KTV都很少去。实在拗不过客户的要求，去到KTV，他不停地喝酒、喝酒，直到把自己灌醉。妻子以为她听错了，她问，你要去广州看演唱会？格林说，嗯，你和我一起去吧。妻子问，谁的？格林说，莉莉周。妻子想了半天说，你说的是那个老女人？演《青春期杀人事件》的那个？格林说，没错，是她。妻子说，到底是老男人，听演唱会都要听老女人的。格林说，你帮我订下票，要最前排的贵宾票。去广州的路上，格林找了张莉莉周的碟，他对妻子说，好听吧？妻子说，都是老歌，小时候倒是听过。演唱会在室内的大礼堂举行，人不多，大概几百人。格林注意到来听演唱会的多是和他一样三十出头的男人，女的少，有人带着孩子。看着舞台上的莉莉周，格林热泪盈眶，她的样子和他记忆中的如此相似，成熟了，却还有年轻的轮廓。妻子看着他，抓住他的手按在腿上。回来的路上，妻子问他，你是不是想起什么了？格林说，想起了过去。演唱会中途，莉莉周从舞台上下来，和前排的观众握手。当莉莉周走过格林身边时，格林伸出了手，他和那只手轻轻一握，手冰凉，柔软而光滑，他似乎还闻到了香气，茉莉花的味道。格林对妻子说，能遇到你，真好。

决定请莉莉周做代言，格林和妻子讲过。他对妻子说，我想请莉莉周做代言。男明星的合同快到期了，公司正在寻找新的代言人，高总提名了几位当红的一线明星，格林否决了。当他说出“莉莉周”的名字时，所有人大吃一惊，这太不合常理了。格林的决定，妻子也不理解，她说，我觉得莉莉周真不合适，她几乎没什么影响力，形象也说不上正面。妻子说得没错，莉莉周最后一次上头条，还是因为离婚。请一个离婚的过气明星做代言，风险太高了。格林说，如果她没离婚，我可能还不会请她。正因为她离婚了，我才要请她。妻子问，为什么？格林说，一个离婚的女人，还热爱生活、相信爱情，这不是很好吗？妻子说，我还是觉得不合适。格林说，没有比她更合适的了。妻子望着格林说，你有你的理由，我敢肯定不是这个。格林点了根烟。妻子说，你想好，我不支持，也不反对，把握好度就行。

早上起来，赵毅阁穿了套休闲西装，他不想显得太正式，太庄重，那和他的意愿背道而驰。去到公司，刚刚七点。赵毅阁收拾了下办公室，泡了杯茶，他想，莉莉周大概不会这么早起床。等她起床，化好妆到公司，起码十点了。他还有足够的时间。高总打电话过来告诉赵毅阁，莉莉周上午过来，具体时间不确定。赵毅阁说，好的，我在办公室，快到了你打电话给我。三个多小时，赵毅阁开了两个会，批了一份销售分析报告。高总打电话过来时，他刚好上了个厕所。过了几分钟，他听到办公室外的脚步声，他站了起来，走到门口。他看到莉莉周和高总一起走过来，赵毅阁朝莉莉周伸出手说，你好，莉莉周，我是诗人格林，我见过你。莉莉周愣了一下。高总介绍道，这是我们老板，赵总，他是个诗人。莉莉周笑了起来说，我相信你是个诗人。在办公室坐下，莉莉周说，赵总，我感到好奇。赵毅阁说，我对你也一样好奇。莉莉周说，我们的好奇不一样。赵毅阁说，好奇在本质上是一样的。莉莉周又笑了起来说，我现在真的相信你是个诗人了。她喝了杯茶说，可能高总告诉你了，我想知道为什么。赵毅阁看了看高总，又看了看莉莉周的经纪人说，可以单独和你谈谈吗？莉莉周看了经纪人一眼说，当然可以。

等经纪人和高总出了办公室，赵毅阁关上门说，你觉得我疯了，是吗？莉莉周说，有点，你是个商人，你应该很会讨价还价，也知道多少钱办多大的事。赵毅阁说，如果是命呢，命值多少钱？莉莉周说，命是无价的。赵毅阁说，你救过我的命。莉莉周说，赵总真会开玩笑，如果我没记错的话，我没见过你，怎么可能救你的命。赵毅阁说，我看过你的《青春期杀人事件》，看了不下十次。莉莉周说，我昨天过来，看到你们公司在放这个电影。赵毅阁说，你还记得故事内容吧？莉莉周说，怎么会不记得？它和我的命连在一起，想剥也剥不开了。赵毅阁说，我曾经是那个少年。莉莉周说，怎么讲？赵毅阁说，我有个女朋友，和你电影里讲的一样，她爱上了别的男人，少年想杀了她。电影里你像个天使，挽救了少年，这其实不能叫杀人事件，只是一个杀人构想。莉莉周说，那只是个故事。赵毅阁说，对我来说不仅仅是个故事。最后一次去女朋友那里，她正在看《青春期杀人事件》，她似乎什么都不知道。我去的时候，她给我剥了根香蕉，还削了个苹果。她拉着我看电影，你想不到，她靠在我怀里，若无其事。莉莉周问，然后呢？赵毅阁说，那时候，我身边没有一个像你一样的女孩，没有人阻止我，我也没有告诉任何人她的事情。看完电影，我哭了。莉莉周说，对不起，没想到是这样。其实，你不必因此感谢我。怎么说呢，这是你自己的事情。赵毅阁说，如果不是正好看了那部电影，我不知道会发生什么。莉莉周说，你还是不会那么做，你不像个坏人。赵毅阁说，也许会。从女朋友家出来，我把包扔到河里，浑身发抖，我怕看到包里的绳子和匕首。莉莉周看了看赵毅阁的办公室，望着四壁的书说，你像个读书人，读书人总是很感性。赵毅阁说，我给你写过很多信。莉莉周说，是吗？赵毅阁说，肯定有很多人给你写信，我写给你的信你可能没收到。即使收到也不会看，那么多信，怎么看得过来。莉莉周说，真是很少看，一般是签了照片，公司安排人回一下，也不是都回。赵毅阁说，我收到过你的照片。莉莉周笑了起来说，那你算是幸运的，多数人收不到。赵毅阁说，我还给你写过很多你绝对收不到的信。莉莉周说，我不相信。赵毅阁说，我敢肯定，因为，没有寄出去的信你是不可能收到的。莉莉周说，那我倒是很有兴趣看看。赵毅阁问，如果知道内容，你不会想看的。莉莉周说，你这么说，我更想看了。

莉莉周看了看手机，快晚上十点了。她洗过澡，换了套裙子。离开一行公司前，她悄悄给赵毅阁留了个电话，她说，如果你愿意给我看的话，给我打电话，我住哪个酒店你知道的。手机还没有响，连信息都没有一个。她想，他可能不会来，我是个傻瓜。偷偷给客户留电话，这种事情莉莉周很少干，总归是麻烦。门铃响起来时，莉莉周困了。她朝外看了看，赵毅阁站在门外，他的脸红着，可能喝了酒。莉莉周打开门，对赵毅阁说，我以为你不会来。赵毅阁说，我回家拿了点东西。关上门，赵毅阁把盒子递给莉莉周说，都是写给你的，终于可以亲手交给你了。莉莉周说，隔了这么多年，想起来挺神奇的。她打开盒子，看着信封说，都发黄了。赵毅阁说，你确定你想看吗？如果不想看，烧掉也行。莉莉周说，赵总是在吓我？赵毅阁说，你叫我格林吧，不在公司，叫格林习惯些。莉莉周举起一个信封，对着灯光看了看说，我挺好奇的。格林说，信交给你了，我的任务完成了，不打扰你休息。说完，起身准备走。莉莉周说，不坐一会？这么着急，你害怕？格林说，倒不是害怕，是有点害羞。莉莉周说，还害羞，我不信。莉莉周握住信封说，那我拆了？格林低下头说，这会儿我真有点害怕了。莉莉周说，你怕什么？格林说，怕你说我是个流氓。

不用打开，格林知道里面写了什么，露骨的少年情欲，比黄色小说更加激情。他把莉莉周当成了他梦想中的女孩，恣睢而压抑的情欲，赤裸裸地奔向这个荧幕上的女孩。在这个女孩身上，他最隐蔽的部分一一敞开。这种敞开挽救了他，让他放弃了仇恨和愤怒，获得生活中的宁静。他开始像个正常的男孩一样工作、结婚、生孩子，拥有了健康的人生。遥远的莉莉周、电影中的莉莉周、唱片中的莉莉周、遥不可及的莉莉周坐在沙发上，阅读二十多年前的信件，她的胸部剧烈地起伏。房间里安静得像消音室，格林清晰地听到他和莉莉周的呼吸，急促紧张。他的头低着，不敢抬头看莉莉周。他把他的一切都交出去了。从此以后，他心里的污秽将清洗干净，他将成为想象中的干净的人。